楚尘
文化
Chu Chen

北京楚尘文化传媒有限公司 出品

一种幸福的宿命
UNE FATALITÉ
DE BONHEUR

[法] 菲利普·福雷斯特 著
PHILIPPE FOREST

黄荭 译

中信出版集团 | 北京

图书在版编目（CIP）数据

一种幸福的宿命 /（法）菲利普·福雷斯特著；黄
荭译 .-- 北京：中信出版社，2021.4
ISBN 978-7-5217-2786-9

Ⅰ . ①·····Ⅱ . ①菲···②黄···Ⅲ . ①散文集—法国
—现代 Ⅳ . ① I565.65

中国版本图书馆 CIP 数据核字 (2021) 第 026936 号

UNE FATALITE DE BONHERU by Philippe Forest
© Editions Grasset & Fasquelle, 2016
Current Chinese translation rights arranged through Divas International, Paris
巴黎迪法国际.
Simplified Chinese translation copyright © 2021 Chu Chen Books.
All rights reserved.

一种幸福的宿命

著　　者：[法]菲利普·福雷斯特
译　　者：黄荭
出版发行：中信出版集团股份有限公司
　　　　　（北京市朝阳区惠新东街甲4号富盛大厦2座　邮编　100029）
承 印 者：浙江新华数码印务有限公司

开　　本：880mm×1230mm　1/32　　印　张：4.875　　字　数：78千字
版　　次：2021年4月第1版　　　　　印　次：2021年4月第1次印刷
京权图字：01-2021-1068
书　　号：ISBN 978-7-5217-2786-9
定　　价：49.00元

识字读本是连接现实世界和语言运用的桥梁，一边是一种已经经过语言加工的现实，另一边是人们自由地、甚至任意使用这种语言的方式。语言的冒险，惊心动魄。也正是基于这种观点，这些粗浅的识字读本才会激发出诗意，去抵抗语言的任意性。

——伊夫·博纳富瓦（Yves Bonnefoy）

哦，我的善！哦，我的美！残酷的军乐丝毫不会让
我行差踏错！令人飘飘欲仙的拷问架！乌拉！为了闻所
未闻的使命，为了美妙的身体，为了第一次！这一切从
孩子们的笑声开始，又以他们的笑声结束。毒药将残留
在我们浑身的血脉当中，即便军号转调，我们终将归于
古老的不和谐。哦，现在，活该我们忍受这种种酷刑！
那个把创造出来的肉体和灵魂许给我们的非凡诺言，让
我们热忱地将它收好：这份许诺，这份疯狂！优雅，科
学，暴力！人们已许诺将善恶之树埋葬在阴影之中，将
独断专制的愚忠驱逐出去，为了让我们寻回最纯洁的爱。
这一切始于一些厌恶，又因为我们无法一下子抓住永恒，
便如芬芳飘散般结束。

　　孩子的笑声，奴隶的谨慎，处女的庄重，这里可憎
的面孔和事物，因为这离别前一夜的回忆，愿你们都变
得神圣。这一切始于粗鄙，而今终于火与冰的天使。

短暂、沉醉、神圣的一夜！即便这一切只是你满足我们的假面。方法啊！我们向你保证，我们不会忘记，昨天你赞美了我们的每一个年华。我们信奉毒药。我们会日复一日彻底地献出我们的生命。

这就是杀人者的时代。

——阿尔蒂尔·兰波《沉醉的清晨》

目录

字母表
Alphabet

有一天我要泄露你们隐秘的起源

有一天，我识字了。

不用学就会了。

至少别人是这么告诉我的。

家族逸事也是这么传的。

只要家里还有人健在，这个故事就会一直流传下去。

小班的老师来找我母亲，问她有没有教过儿子读书认字。可能母亲抱着能让儿子比同龄同学学得快一点儿的念头。又或者，母亲对学校采用的方式以及最近使用的新教学法没有信心。当然，母亲有权利这么做。但如果真有这种情况存在，老师反而会严厉警告父母。因为在教育问题上，业余是最要不得的。如果基础打得不好，早教会造成非常有害的后果。需要清零重新开始，强迫孩子摆脱已经养成的不良学习习惯，教育学家认为这些不良习惯阻碍正确的进步，总而言之，这更是教育家的职责，而不是父母的工作。

　　为此，我母亲觉得有必要解释一下，既不是她，也没有其他人教过我，她甚至不知道自己的孩子已经识字了，母亲无法解释这样的奇迹怎么可能发生。转念一想，母亲猜测可能是儿子自己重新创造了字母组成单词、单词组成句子的方式，尽管这种假设令人难以置信。这就有点像某些故事中的情节，主人公从小是个野孩子，由于无意间碰到一本书，便独自沉浸在词句的奥妙和它们的组合方式中。这似乎和自己孩子的情况更像，至少母亲从中看到了一个已实现的奇迹，正如人们说的，得益于圣灵显灵：一个属于个人的、小小的圣灵降临节，灵光触到了儿子的额头，刹那间他就醍醐灌顶，有了他那个年龄本不该有的才华，变得像寺庙里的灵童一样博学，能和同时代有识之士侃侃而谈。

　　当理由更为简单、合理时，和母亲编的故事比起来当然就有点令人失望了。因为儿子就读于圣热纳维耶芙（Sainte-Geneviève）学校的瓦尔顿（Valton）班，学校在巴黎的阿萨路（Assas）上，幼儿园的学前班和大班是同一个老师教的，这种情况当时很普遍。所以只要他在为小小孩准备的游戏面前分点心，就可以听到此时在教室另一头的老师教给大孩子的东西。显而易见，就这样，他自个儿偷偷学会了读书识字，然后若无其事地表示，老师教给其他人的东西，他也会。

因此，人们对我说，我识字了。还没有学就会了。对于我是如何做到这件事的，我没有任何记忆，可能它就在一刹那发生了。突然就会识字了。就像会走路或会游泳一样。一劳永逸。奇迹就发生了。身体在其所处的环境中保持平衡，并找到了支撑，此后，就可以随心所欲了。开始有些笨拙：摔在地上，呛了水，碰到过于复杂的单词，在奇长无比的句子中迷失。但是，一旦知道了奥秘，就可以独自找寻方向，从此，文字就不再是一个黑暗的、充满敌意的世界了。

从没正儿八经学过。今后也无法忘掉。甚至也无法想象所学的内容会另有含义。在词语旁边单枪匹马、义无反顾地经过。认为一旦会了，就跟到手的东西一样理所当然，词语就是过去认识的样子，再没有地方，也没有办法可以重回那个没有词语的无声世界。迫切渴望使用这一新的才能：孩子就是这样，一旦掌握了这项技能，见到字就忍不住要去认认看。

但是我也想不起来了，也许当时教室的墙上或黑板上贴着一张看图识字的挂图，上面大小写字母整齐地排列着，用拟物的方式呈现，而所拟之物的首字母正好就是对应的字母：A 是树（arbre）的形状，B 是摇篮（berceau）或者被风吹得鼓起的船（bateau）帆的形状，C 是铁环（cerceau）、樱桃（cerise）、被圆规尖头画了一半的圆圈（cercle）形状，以此类推。就好像字母表中的字母，其次是组成字母的音节，最后是字母组成的单词，三者构成了各式各样的表意文字。或者说是，象形文字。这很容易让人相信一种观点，尽管它是完全错误的，认为事物和单词之间有一种联系，让人自然而然地从一个联想到另一个：事物产生了单词，单词的形状与事物相符，单词以自身形式保留并展现它所指代的事物的外形，在这两种实在性之间，有一种强大且必然的感应，互相映射。

虽然这种说法毫无根据，掩盖了字符本质上的任意性，但它可以让小读者们信以为真，以为和事物相似才产生了词语，或许首先要让孩子相信存在这样一种统一。从而信心满满地迈入他的一生。对孩子而言，单词的顺序和事物的顺序是完全一致的。以至于孩子把书看作一个世界，把世界看作一本书。直到有朝一日不可避免地发现两者并不一致，产生种种困惑：当事物和单词彼此脱离，一切都陷入无法理解的境地。

然而，神话始终存在，一切文学都来源于此：作家重新创造语言，以期恢复那种古老的联系，小时候的他曾经相信它的存在。他为自己重写了古老的识字读物，将字母表中的字母和世间的元素联系起来。他把它们同时列在一张图上，他知道，这张图不能指代缺席的真实——又或者，这一真实的缺失就是"真"唯一的表现形式——但他的生活似乎因此有了形状。就好像所有大人写的书，最后只是把不值钱的符号货币重新放回他们手中，这些符号货币和他们还是孩童时，人之初曾经相信过的一样。即便在他们内心深处，他们宣扬的信仰已荡然无存。

如何去理解兰波所作的那首提到"言语炼金术"的著名的十四行诗，在无数、有时甚至显得荒诞不经的假设中，有一种就认为，兰波赋予字母的色彩来自从前的识字读物，小时候的他就是看着这些读物学会识字的。

A 黑、E 白、I 红、U 绿、O 蓝：元音们，
有一天我要泄露你们隐秘的起源

但为什么只停留在元音上呢？

书橱
Bibliothèque

> 七岁，他开始写小说，写人生

巴别塔，波德莱尔说，一个背靠书橱的摇篮。

这首诗的题目是《声音》(La Voix)。《恶之花》
(*Fleurs du mal*) 的编者通常把它归到"杂篇"(pièces di-
verses) 之列。

> 我的摇篮，背靠书橱，
> 在幽暗的巴别塔里，小说、科学、韵文故事，
> 一切的一切，都和古罗马的灰烬，古希腊的尘埃
> 散落在一起。我的身高不过一册对开的书本。

孩子的耳畔响起两个声音。一个声音邀他尽情享受
尘世的欢愉，另一个声音召唤他去往梦想的国度。不幸
的是，孩子听从了另一个声音的建议：因此诗人被逐出
了乐园，虽然那里是他出生的地方，因为他更向往在梦

幻中徜徉。

> 从那时起，和先知们一样，
> 我一往情深，爱的是荒漠和海洋；
> 在葬礼上欢笑，在佳节上落泪，
> 从最苦涩的酒里品出醇厚甘甜；
> 也常把现实误当作幻影，
> 双眼望天，掉进各种坑里。

　　每个人的故事都重演了整个人类历史：从伊甸园到巴别塔。最初，上帝赋予人类一个正确命名事物的能力。但没过多久，为惩戒人类的骄奢，上帝不仅收回了这一特权，还增加了好多种语言，让这个他一手打造的世界陷入混乱。不同的语言让人类产生了分歧。尤其是它们让人类和现实产生了隔阂，不再清楚现实为何物，叫何名。在背靠书橱的摇篮里，孩子的个头也就只有一册对开的书本那么高：他自身也像是浩瀚书海中的一册，在前人建造却仍未竣工的纸之宫殿中如迷失其间的沧海一粟，纸之宫殿向上矗立，直指苍穹，但孩子并没能和它一起升华。孩子注定要在迷宫里流浪，在幽灵幻影间游荡徘徊，那些幽灵幻影似乎也在苦苦思索同一个缺失的真实。

我便是那个孩子，在书籍的陪伴下长大，爱书犹胜过爱生命，深信书籍比生命更重要，认为只要通晓读书之道，就可以领悟人生的意义。仿佛每本书都是一个谜语，需要我们不断地去探寻文字背后事物真实的样子，练就火眼金睛，找出它们之间的关系，最初字母是通过模仿来指代生灵或物的。然而，若字母组成词语，词语连成句子，句子构成篇章，情况很快就变复杂了。此时，无论哪本书都像一组谜题，藏满字谜的抽屉数不胜数，依次解开谜团看上去就像是不可能完成的任务。

我还记得年少时读博尔赫斯著名的短篇小说《巴别塔图书馆》（La bibliothèque de Babel）有过的那种同龄人身上常见的痴迷。作家想象有一个图书馆，里面收藏了通过字母的任意组合可能产生的所有书籍。这一设想让人晕眩。它把人们对文学的信仰化为虚无：因为一切都已写过，无论合理的还是不合理的，对的还是错的，真的还是假的，好的还是坏的，无从分辨，它们都以同样的名义通过将字母随意组合的盲目机制被制造出来，全然不顾结果有什么价值或意义。但它也重建了人们对文学的信仰：在这个无比巨大、充斥着谎言、冷漠和费解的图书馆里，在大量粗制滥造的书籍当中，一定隐藏着一本书，它是打开全部书籍的钥匙，只是无人确切知道它的样子，于是这本众书之书看上去可能和其他排在书架上的任何一本书长一个模样。

这样一来，这本书可能是巴别塔图书馆内的任何一本书，同样任何一本书都可能囊括图书馆所有藏书的内涵。我们读书，不懈地读书，是期望所读之书中隐藏着一把钥匙可以解开所有其他书籍没有完美表达的意义，它将反映世界最本质的真实；我们写作也是如此。明知道这本书已经存在，却还无比天真和自大地告诉自己：也许图书馆里还缺这本书，要靠我去占据这个位置，去填补世人留下的空缺。

剩下要做的就是把它写出来。

小时候会做这样的梦。刚开始读书的时候。在摇篮背靠着书橱的时候。兰波将它讲了出来，让许多其他没有同样天赋却同样在小时候爱说大话的人一样，从小就坚定地认为：他们注定是要写作的。

　　七岁，他开始写小说，
　　写大漠的生活，闪着自由不羁的光芒
　　森林、阳光、河岸、原野！
　　——他翻看带插图的小报，红着脸

看嬉笑的西班牙女郎和意大利姑娘。

七岁就成了诗人。七岁就有了诗人的才情。刚步入懂事的年纪，把神话寓言信以为真的稚气未脱，便已经有了足够的奇思妙想，把自己写成一部小说。

好奇心
Curiosité

> 一些完美的、出乎意料的人会出现在你
> 的生命轨迹之中。在你周围，梦幻般涌
> 现旧日人群那慵懒奢华的好奇心。

当我回想上学时的情形，往事又历历在目，时间总停留在德育课上。课开始了，在教写字和算术之前，老师每天都要在黑板上写一句教导孩子们的新箴言，让他们思考和端正自己的行为。"多奇怪的癖好啊！"就像刘易斯·卡罗尔笔下的爱丽丝注意到的那样，"人们总想从任何事情里都吸取一个教训！"

人们教导我们，好奇心是一个"很坏的缺点"。但我从来都不太明白这是为什么。相反，我一直坚信好奇心是很重要的美德。而且我坚信常常是好奇心救了我。好奇心：一种迫切想了解之前发生了什么、之后又会发生什么的愿望。就仿佛人生是一本打开的书，它正好处在一个已经开始、还要继续发展的故事的半途，对这个故事我们几乎一无所知，几乎什么也不明白。因为我们眼前看到的，只是生命之书当下的那一页。前面和后面的书页，我们只能通过想象去了解。

小时候，我总是想知道小说的开头是什么，以前发生过什么，事情是从何而来。也就是说，它们意味着什么。尤其是我想知道接下来会发生什么，故事的后续是怎样的。说白了，我总想搞清楚接下来会发生什么。就像看一部侦探小说，我们哗哗翻页是为了尽快知道凶手的名字。即使书最后的结局总是大同小异，也因为这个原因，注定让人感到失望。所以唯一有价值的小说就是那些没有真正结束的小说，那些小说的结局让读者感到困惑，使他还保留那种在读寓言故事时信以为真的稚气，尽管他没有完全被故事的故弄玄虚所迷惑。如果他刚刚读过的小说没有回答他此前所提出的问题，那么答案就一定在另外的地方，而并非不存在。也就是说：在另外一部明显延续前一本书的书中，替它做出承诺，于是所有书都像是唯一也是同一部电视连续剧的剧集，最终的结局总在向后推延。人生也是如此。即使在人生最黑暗的时刻，当我觉得一切美好都结束了，我也从来没有放弃对即将发生之事的好奇心。我们带着一丝同样有点傻乎乎或者更确切地说是狭隘的固执，来继续阅读一本糟糕的小说，在读它的时候，尽管每一章都一次次让我们感到失望，但我们仍然坚信最终会发生什么事情让阅读变得有价值。

一切始于好奇，它将我们带到人世，让我们一直保持活力。出于好奇，我学会了识字。细想一下：这完全是出于对某些东西的好奇，虽然这些东西在书中并不能找到，但我首先想到的就是去书里找。我对于好奇心本身感到好奇：既然我们很快就明白好奇心显然是永远都没有办法满足的，那么它强大的力量源自哪里？谁是它好奇的对象？我认为这个问题，或者不如说所有问题，都有答案。至少就这个问题而言，而且对很多问题来说，弗洛伊德都给出了合理的答案，他说所有的好奇都源自性本能。人们之所以对科学、哲学、艺术和文学感兴趣，只是为了从性的角度，以一种世人更容易接受的方式，来展开这个我们从小就已经开始却羞于承认的探寻，它和我们身体的性别有关。这就是所谓的"升华"。弗洛伊德继续说，人类头脑中的一切问题，不管措辞是多么晦涩抽象、玄之又玄，都是最初思想的一种转换，说到底它才是唯一重要的，其他一切都和它密切相关。

但我不记得自己小时候，小伙伴们思考问题的方式曾经让我不安，甚至感到困扰过。虽然我还清晰地记得：

一天，和我同龄的同学不经我要求就给我做了有关这一问题的各种讲解，而我此前对此一无所知，这些解释和我所知道的东西并没有建立起任何联系，但它们却很长时间都萦绕在我的脑海里，尽管我坚信，它们和我经历的现实之间难以存在任何联系。

　　相反，我记得很清楚，很小的时候我就对异性感到好奇。仿佛男孩和女孩、男人和女人之间的差别注定了我们得共享这个有一半我难以触碰的世界。我真的认为世界存在另一半，从那一半看，世界显得很不一样。不是显得而是真的不一样。两个对立的世界，充满了两种性别不同的生物，共同生活在同一个宇宙中。我曾经很想越过边界，亲眼瞧一瞧，但一想到如果我冒险一试将会发生的事，我就焦虑不已。我不能用很平淡的方式去想象我全然不知的性关系。因此，我以一种我熟悉的故事的形式隐晦地展开想象：推开一道隐秘的门，去到镜子的另一面，进入陌生的国度。到女性的国度：在那里生活着让我感到陌生的造物，我不知道她们是比我所属的那类人高等还是低等的物种。哪怕以后和异性真实的交往会让我摒弃这种想法里很傻很天真的一面，但我并不确定最初的想象会就此烟消云散。

　　显然，这已经是欲望。但还处在无法满足的状态。

不是占有欲，而是求知欲。我深信占有欲只是求知欲的一个伪装，目的就是为了给自己一种可以被满足的错觉。

就我而言，我可以大方地承认：我希望这种好奇心高于一切，对性知识的渴求主宰其他一切，并且成为我们在词语和书籍中找寻的明灯。我们之所以读书写书，就是为了解决这唯一重要的问题——既然在相当长的时间里，生活都拒绝向我们揭示答案，那么就要好好在小说作品里去寻找。所以，我的识字读本的开篇应该是代表"好奇心"的 C，而不是代表"字母表"的 A。

那些年仅七岁的诗人写的关于人生的小说，不管他写的时候几岁，女主人公是西班牙女郎还是意大利姑娘，这些作品都只有一个主题，讲述的总是同样的场景，只是细节略有不同：

> 当工人邻居家八岁的女儿
>
> 褐色眼睛，又疯又野，
>
> 裹着印第安长裙，
>
> 从一个角落蹦出来，一下子骑到他的背上，甩
>
> 　着辫子，
>
> 被压在她身下的他，咬了一口她的屁股。
>
> 因为她从来不穿裤子，

被她拳脚相加一通暴打之后，

他把她肌肤的味道带回了房间。

最初的好奇心同样也最为持久。艺术、文学和哲学，我可以想象有朝一日把它们都一一穷尽。有时候，我甚至会想这一天已经到来。所有的书都读完了，自然好奇心就没有了。或者至少可以说：当书读得够多，就不再有想读新书的欲望了。面对文山书海，只有一点点恶心的感觉：一种"有什么用？"的感觉。尽管肉体是可悲的，或者说它会变得可悲，当然，有时事实如此。这甚至，是它最常遵循的轨迹。但并非总是如此。而且就算心灰意冷，肉体也永远不会完全失去天生的迷人魅力。

我之前就说过是好奇心救了我的命。如果我们需要给爱命名的话，好奇心就是它的名字。和看街上的美女比起来，在书店看书更容易让我生厌。想去验证她两腿中间缺了点儿啥的欲望从未磨灭过。老年的所有悲哀都基于这样一个事实：当身体每况愈下，越来越没有能满足欲望的体力，而童年那种最初的欲望却永不消亡。那么，当人们明白故事已经无以为继，这时若不能及时醒悟，自然就会生出想一了百了的念头。就像一部意大利电影中的情节一样，伯特·兰卡斯特[1]扮演的年迈的男主角苍老但不失威严，漂亮的白色礼服上溅满了牛粪。远处人们正在庆祝一场乡村婚礼，他在一位忙着给奶牛挤奶的少女面前，勃起不够坚挺而无法射精。于是，他在牲畜棚悬梁自尽了。

1　伯特·兰卡斯特（Burt Lancaster，1913—1994），美国电影演员、制片人、导演和编剧。（本书所有脚注均为译注。）

哀悼

Deuil

是她，死去的女孩，在玫瑰花丛后面。

字母表有它的顺序，可以决定字典里词语的排序，却无法左右生活的秩序。有些词出现得太晚，甚至，永远都不会出现。还有些则来得太早，早得人们还没来得及做好准备面对它们的含义。

或许，我们一直都是知道这些词的。但我们却不知道它们的含义，我们忘记了。需要存在的证明，好让它们有朝一日能在其他我们使用的词语中占据一席之地，并和这些词语一起重新排序，仿佛它们从此占据了中心，占据了词汇表中最重要的位置。或者，干脆不顾字母表，把字典的顺序来个颠倒。它们想要占据第一的位置，比如不把"alphabet"（字母表）的"a"，甚至也不把"curio-sité"（好奇心）的"c"放在所有字母之首，而是用字母"d"，这样一来，"deuil"（哀悼）或"désir"（欲望）的定义就成了人生这部小说的"开篇"。根据但丁在其《新生》（Vita Nova）开篇的论述：诗人就是在欲望与哀悼的双重寓意下思考自身的经历，他是一个早熟的孩子，记忆之书慢慢打开，此外，它也是之后所有文学的缘起。

哀悼（Deuil）和欲望（Désir）构建了我的"Dd体系"，是我的达达[1]（Dada）体系，正如阿拉贡（Aragon）在查拉（Tzara）那个时代所说，这个体系"让自己做这个，做那个，或相反，不做这个，不做那个，或两者都不是，什么都不做，什么都做，让你们闭嘴或者尝尝死亡的滋味"："Dd体系有两个字母，有两个正面，有两个背面，接受所有矛盾的见解，但不接受矛盾，不批驳矛盾本身，生命，死亡，死亡，生命，告达达主义的拥趸。"

兰波作品的开篇是一首题为《孤儿的新年礼物》（Les étrennes des orphelins）的诗歌。亮点乏善可陈：不过是一次多愁善感的风格练习，照搬了课本上已经被写过无数次、专门供人模仿的主题。为的就是让读者流下

1　关于"达达"（dada）一词的由来历来众说纷纭：有人认为它是一个没有实际意义的词，有人则认为它来自罗马尼亚艺术家查拉和詹可（Janco）频繁使用的口头语"da, da"，在罗马尼亚语中意为"是的，是的"。最流行的一种说法是，1916年，一群艺术家在苏黎世集会，准备为他们的组织取个名字。他们随便翻开一本法德词典，任意选择了一个词，就是"dada"。在法语中，"达达"一词意为儿童玩耍用的摇木马。达达主义是一场兴起于一战时期的苏黎世，波及视觉艺术、文学（主要是诗歌）、戏剧和美术设计等领域的文艺运动，是第一次世界大战颠覆、摧毁旧有欧洲社会和文化秩序的产物。

一滴眼泪，假如他不是真的铁石心肠的话。新年伊始，父亲离开，母亲去世，留下两个孤零零的孩子，在一个空荡荡的房间，外面的世界也在瑟瑟发抖。

在《童年》（Enfance）一诗中，兰波描绘了他自己的生活，他让它在花丛中、在亡灵的围绕中展开。他看着那些消逝的、回来的幽灵在他眼前晃来晃去："是她，死去的女孩，在玫瑰花丛后面。——已故的年轻妈妈走下台阶。——表弟的四轮马车在沙地上嘎吱作响。——小弟弟——（他在印度!）在那里，面对落日，站在开满石竹花的牧场上。——而老人们，已直接被埋在紫罗兰盛开的城墙下。"

关于他的家事，诗人有点信口开河：他家没有"过世的母亲"，也没有背井离乡去印度的"弟弟"。但人们都心照不宣地承认"死去的女孩，在玫瑰花丛后面"指的是他一个姐姐，幼年夭折，我今天才知道，这位姐姐第二个名字是"波利娜"。就这样，无数孩子的幽灵游荡在漫漫时空，一听到召唤，就在书页中聚集。按照惯例，他们只是诗人安放在那里的人物，正因为他们的存在，为诗篇增添了离别的悲怆。但有时候，他们以活生生的活人的模样出现，让人无法承受。

那还是不太一样。

不管其他人怎么说。

我说的是那些认为哀悼总是在不幸突然降临前就已经开始了的人。认为失去一个我们深爱的人，唤醒的只不过是一种原初的失落感，每个人首先感受到的是世界并非如他所愿。因此，从呱呱坠地的那一天起，谁都免不了要为现实本身而悲叹，试图在漫漫人生路上培养新的感情来填补他最初感受到的空虚。但那些新的感情毫无例外地提醒他，颇有一些讽刺意味：甚至在情到深处、爱意正浓时，我们永远无法再爱任何人，除了那个已经失去的人。

因此，欲望恰恰就是哀悼的别名。

反之亦然。

或者说，我们试图用文字来填补这种空虚，每个字勾起的爱的回忆，都是对它所命名的事物的一种哀悼。说、读、写——都是一回事——目的是为了让我们所怀念的真实永存，但这份过往的真实一被提起，便立马消失了：它变成了一个可怜、悲伤又虚假的传说。用文字填补空虚是死路一条，因为我们知道，现实已不复存在。把现实变成小说，我们以为可以挽回现实，但其实是背弃了它。也就是说，把过去变成一个纸上的幽灵，有了它的陪伴，我们自以为从虚无手中夺回了一点生的证明，从此它就只以庄严而忧伤的幽灵的形式存在，我们带着他到处走，挽着他的手，招摇过市，有时甚至还洋洋得意。

这就是为什么"哀悼"这个词可能是所有词中最不虚假的。因为它至少点明了其他所有词所依赖的诡计：指出一个词命名一个事物只是为了更好地表明它的缺席。我们去爱，去写作，都是为了让我们生活中遗失的那一部分继续存在。明知其不可为而为之。越来越深切地感受到，一切都无法重来，在越来越深沉的黑暗之中，一切出于这个目的的尝试都会加速那个或许还活着的形象、那个或许永远不再真正活着的形象的消亡。

我喜欢"哀悼"一词。以前写作"dol"，古老写法是："doeil"。《以丧止丧》（*Deuil pour deuil*），德斯诺斯[1]如是说。古老的表达是："它让我哀悼。"用这种方式来表达一种极大的哀伤，为了更好地说明任何痛苦都不及它。我无法忍受的是人们赋予哀悼这个词的含义，为了更好地清空它的实质。尤其是当人们说要"节哀顺变"，也就是说要完成一种"工作"，暗示可能有一种药能治愈这种悲恸。更有甚者：一个强迫自己摆脱哀悼的义务。

1　德斯诺斯（Robert Pierre Desnos，1900—1945），法国超现实主义诗人，诗作风趣幽默，在抵抗运动中因主办地下报纸被德军逮捕，并死于集中营。

虽不明说，但用一种相当狂妄的傲慢，蔑视，甚至憎恨所有逃避这种义务，以及——更有甚者——拒绝这一共同准则的人。

我在做有罪辩护——我很清楚，我投身一场堂吉诃德式的战斗已经长达二十年之久了，和"人之常情"的风车搏斗，与世界为敌，常常身不由己，坚持认为所有的失去都无法弥补，应该保持这种缺失，因为它展现了我们最人性的一面。就这样，持续了这么久，我成了哀悼"冠军"、"忧伤爵士"、失败的"骑士"，有时也会因此引起同情——我不需要也不知道如何看待这种同情——而且，常常还伴随着一种有点高高在上的怜悯。

此外，我也希望这是一个有点可笑的角色，和在一出喜剧中出演的所有其他角色一样。

我不知道"哀悼"这个词是过早还是过晚地出现在我生命中，或许它总是在它该来的时候来，"在我人生的中途"。但哀悼总是如此，因为这种考验的本质就是把时间断开，一分为二。当我唯一的女儿去世时，我还不满三十四岁。

当然：

是她，死去的女孩，在玫瑰花丛后面。

孩子
Enfant

Jamque novus[1]

　　在我写的书里面，人们从来不太清楚我谈论的孩子是谁。常有人让我注意到这一点，但他们从不跟我明说。通常，我很清楚自己在做什么。

　　我写下"孩子"，为了不必明确他（她）的名字、年龄和性别，好让这个词既可以指她——"是她，死去的孩子，在玫瑰花丛后面"，也可以指我——有时我感到自己依然还是个孩子。同一个词，常常在同一个句子中，从她转化为我，从我转化为她，好像我们合二为一，我和她一起死了，她和我一起还活着。我很清楚这是一个幻觉，我知道这个幻觉存在的理由和背后的含义。但就算是幻觉，也丝毫不妨碍它对我有巨大的吸引力。那个幸存下来的人，那个写作的人，出发去文字中寻找已故

1　拉丁语，意思为"已是新年"，是兰波的一首拉丁语诗歌开头的两个单词。

的人——因为思念，因为他们把他独自留下——总是在生和死的纠缠中寻找一个亡魂。我讲述自己的童年，是为了讲述她的童年。我也知道，或许当我以为在讲述她的童年时，我其实是在讲述我自己的童年。

我想，我最经常被引用的一句话是，"童年并不存在"。这句话出自一篇在某个杂志上发表的文章。它之所以有名，是因为它被一个精神分析师引用，之后又被数十、数百个精神分析师引用。这种人云亦云的做法四处泛滥，这句话也因此得以继续流传。让我有点诧异的是：我在这句话里表达的观点并没什么特别的，但在那些对它赞誉有加、赋予它一种揭示真理的权威地位的人当中，却似乎无一人想过要追根溯源，看看这个句子的出处，更没有人去看我写的其他一些文章，只有这些文章才揭示了和这个句子类似的含义。以至于我在想，他们是否真正理解我的这个句子，我也有点怀疑他们是否引用得恰当！

之所以说童年并不存在，是因为对那些谈论它的人而言，童年只是一种幻想的方式。他们把童年看作"失乐园"，人们被驱赶出"天堂"，想象自己能通过认同忧伤或反常捕掠的方式重获失去的世界。

没有所谓的童年记忆，弗洛伊德如是说，他又说对了。所有人们以为小时候留下来的记忆其实都是成年人所为，他们重新编造了自以为还记得的东西。我前面所写的文字就足以证明这一点，如果需要的话。因此，童年本身只是一个用各种碎片编造出来的故事，用来满足我们对披着童年外衣、让我们错以为那就是童年的"某样东西"的怀念。不是"失乐园"——曾经拥有后来"失去"的乐园——的意思。因为失去是首要的，它先于拥有，是它让人相信自以为失去的东西。乃至童年成了一种伤逝；而这种状态在别处、在过去是不可能的，它从来都不是这样，它只因它勾起的怀念才存在。

　　源自浪漫主义的所有关于童年的伟大神话都是一种证明，用一种"失去的家园"的模式去想象它，一旦长大成人，男男女女都注定要被赶出童年这个家园。也就是说，一旦当他们不再是孩子，长大成为男人和女人。因为品尝了善恶树上的禁果而被逐出伊甸园；他们开始明白男女有别并因浑身赤裸而羞愧，男女分别受到惩罚，失去了永恒的生命，注定要繁衍后代并难逃一死，要汗流满面才得糊口，知道善恶，但很快就失去了使用事物真正的名称的能力。在他们心中永远保留着对这个最初的乐园的记忆，而事实上，他们从未真正在这个乐园里生活过，但他们一直相信诗歌会带他们找到重回伊甸园之路。

但凡谈论童年或者所谓写给孩子们看的名著都是大人们写的，甚至不如说是写给大人们自己看的，讲述的只有这一个故事：去到一个神奇的世界旅行，一个妖魔鬼怪和神仙精灵同在的世界，与其说是在空间里不如说是在时间里旅行，与其说是在日常生活真实的时间不如说是在神话虚幻的时间。以童年之名，大人们再次变成他们曾经的模样，得以暂时享受这种幻觉，以为这种变身是可能的，但最终，他们还是会苦涩地意识到自己是被永远流放到童年之外。理想中，这个地方名为"永无乡"，即巴里[1]在《彼得·潘》（*Peter Pan*）里所描绘的那个世界——永无乡，一个永远不会存在的世界，因为它从未存在过。

　　因此，每个人都在哀悼自己的童年，哀悼那个孩子，它只是由一种普遍的对"永无乡"的乡愁塑造出来的幽灵。这个幽灵，既是他自己，也是别人，因此，可以是任何人也可以谁都不是。除非有一天，就像我说过的那样，对某些人而言，现实证实了小说。而我再重复一遍：这是有差异的。我甚至可以说：这改变了一切。

1　詹姆斯·巴里（James Matthew Barrie，1860—1937），英国小说家、剧作家。他的小说属于"菜园派"，擅长以幽默和温情的笔调描述苏格兰农村的风土人情。他最著名的代表作是《彼得·潘》（1904）。

《孤儿的新年礼物》并非兰波的处女作。但他此前创作的诗歌很少在出版的全集中占有一席之地。那些诗是兰波读书期间用拉丁文写的习作。其中一首名为《Jamque novus》，译成法文是《Et déjà la nouvelle année》（已是新年）。诗中，一位天使对一个新生儿说话，要带他去天堂，说那里才是他该待的地方：

> Puer aemule nobis,
>
> I, mecum conscende polos, caelestia regna
>
> Ingredere ; in somnis conspecta palatia dignus
>
> Incole ; caelestem tellus ne claudat alumnum !

翻译过来是：

> 像我一样的孩子啊，
>
> 来吧，随我一起飞到天上，进入天国吧！
>
> 住进你梦中见过的官殿，
>
> 你配得上这里！谁让人世容不下一个天堂之子！[1]

1　中文转译自儒勒·穆盖（Jules Mouquet）的法文译本。

从新年的第一天、也是出生的第一天起，孩子就对这个童话深信不疑，逃离人世等着他的苦难和烦忧，选择去天国，那里有许诺给他的天堂。兰波诗中的天使类似巴里小说中的彼得·潘，吸引孩子们去永无乡，带领他们飞向纯粹的虚无之地，他说，在那里，有颗星星在闪闪发光。

春天是新的一年的真正开始。艾略特有诗云："四月是最残忍的月份。"虽然此时万物复苏，这种勃勃生机折磨着他，让他从冬日的昏沉中醒来。

出生，死亡：

I had seen birth and death

But had thought they were different ; this Birth

　　was

Hard and bitter agony for us, like Death, our

　　death.

意即：

我见过出生和死亡

原以为它们不一样；但这次**诞生**

对我们而言充满痛苦和艰辛，像**死亡**，我们的
死亡。

我想起女儿死后的那个春天：连日的春雨之后，大自
然恢复勃勃生机，无缘无故地，时间又开始了它的轮回。

方法
Formule

　　——于是，我们流浪漂泊，渴了喝岩洞里的酒，饿了吃路上吃的干粮，我急于找到那个地方，那个方法。

　　人们对自己正在写的书总是不太了解。

　　书并不是先想好了再写出来。写书的灵感在遥远地平线的某个地方，几乎看不见，但它把书引向它，尽管我们尚不能看清未来书会是什么模样。框架轮廓都还没有，但它隐隐约约激发了写作，书的大致轮廓也应运而生。是灵感在召唤书，它一开始只是关于某种想法的灵光一现，一种没有内容的形式。同时，随着一本书的写作，它会自动填充形式上缺乏的内容，产生出完成一个作品所需的灵感。因此，我们不好说到底书是从灵感中来的，还是灵感是从书中来的。

　　我常常用跟下日本围棋类似的方式去构思作品。每次开局时都不知道要用什么战术。有点盲目，没有任何东西可以指引棋手，在一个空棋盘上摆下最初的几个棋子。但是这些棋子的位置，以及它们之间的相互关系立刻就决定了策略。自那时起，后面的棋子便得听命于这些策略，无从摆脱。这个游戏便获得了自己的逻辑，游戏者按照这套逻辑来设计、实施、修正自己的策略。游戏渐酣，直至所有招数用尽，所有棋子填满棋盘，不能再多下一枚棋子时，这一局就结束了。我想说的是：写作也如此，最后书中所有的文字都在它们应在的位置上。

在一本书的创作过程中，有一刻作者会意识到格局已定，尽管他还不是非常清楚，开头写的那几页和随之而来的一页页书稿，此后就无法跳出这种格局。创作方法已经找到了。无论是好是坏，它主宰字词摆放的位置，决定作品的谋篇布局，行文中，现实及其延伸出的无限可能，仿佛都候在那里等着粉墨登场。退一步意味着：一切又要从头开始。

这本书就是这么来的。一开始我对它一无所知，当然，除了我知道它会以一种像小时候学习读书写字用的识字读本的形式呈现。从那时起，那个每个人都经历过的故事要求再一次被讲述。有点像人类的创世纪，无论谁都会重新经历这一过程。所有人的童年，又不是任何人的童年。那也是我的童年：有一天，从来没有学过，我居然会认字了。直到后来我成了一个码字者，这是我早前未曾预料到的。不过我不会向读者解释我正在写的这本书，也不会揭示它的创作手法——甚至可能连我自己都没能完全弄明白。

主动权留给了词语，而不是世间或者生活中的事物，后者在呼唤词语以期得到表达。而事实恰恰相反：字母自身产生了词语，词语自动组成了句子，句子又引出了事物。仿佛词语和名称孕育了现实，字典以及图书馆成了诞生现实的子宫。

这就是福楼拜梦寐以求的、著名的创作方法："我认为的好书，愿意写的，是一本和什么都不相干的书，和外面的世界没有牵扯，全仗行文风格的内在力量就站得住脚，就像地球没有支撑，却能悬在空中，一本几乎没有主题的书，至少是没有明显的主题，如果可能的话。"

令人震惊的是：这本"和什么都不相干的书"马上就成了一部地道的小说，章章相连，环环相扣。叙事将书中连续的部分串起来，像"跳山羊"一样前进，从一部分跳到另一部分，貌似被卷进一种无休无止的词语配对运动，这些词语彼此相似且互相召唤，就像儿歌里的

"秃鹳、线头、马鞍……"[1]一样。但这却使一条非常清晰可辨的情节主线依靠剧情的曲折变化、起起伏伏发展下去，从中我认出了我先前的几本书的情节。我们摆脱不掉小说，即使把它赶出门，它还会从窗口回来。无论我们从哪里开始叙述，它总会带来一样的故事，总是那些一模一样的故事。对我而言：总是同一个故事。不管它从文字素材中提炼出什么样的形式，它总会被讲述。

兰波并不仅仅止步于元音。他在《言语炼金术》中说："我规定每个辅音的形式和运动，不是我吹嘘，早晚有一天，我将用本能的节奏，发明一套可以直接和一切感官相通的诗歌语言。如何去表达，我还不想透露。"

"Formule"是拉丁语意为形式（forme）的词的指小词[2]，一个小形式。却足够浓缩凝练，可以在一本书中立足。但它有一种可操作的功效，以至于可以囊括它所描绘的宇宙的广袤。"不可思议"（Abracadabrantesque），兰波

1　法语中"marabout""bout de ficelle""selle à cheval"前一个词或词组最后一个音节和下一个词或词组的第一个音节发音相同，这是儿歌中常见的一种词语接龙游戏。比如：马蹄铁、铁面人、人来疯、疯婆子……

2　指小词指词的一种形式。通常是带有"小"或"微"意的指小后缀，有时有昵称或爱称的含意。指小后缀的作用类似于汉语的"小"和"点"，缩小或者减轻词根所表达的意义，常常起到缓和语气、表达亲切感和好感的作用，常在口语中使用。

这样写道。这是一种咒语，或者：一个方程式。某种与所有的现实——不管大事还是小事——都有关联的东西。

"地点和方法"，兰波说。

但如何表达，最好还是秘而不宣。

应该这样做，为了让奇迹降临到作者头上，他也许没有想过这些，它们不受他控制、在他一无所知的情况下发生了。就应该这样做，为了让他在他所选择的文字体系里不故步自封，在这个体系里，重要的不是规则，而是它所允许的那些例外。

因为人们对自己正在写的书总是不太了解。

而且，在一局游戏过程中，一言不发改变规则也不是不可以，同样对自己写的故事弄点虚造点假，也不是不可以。

光荣
Gloire

他以为在我身上看到了离奇的厄运和天真，又平添了一些令人不安的理由。

　　若非我在这一章开头引用的这首著名的十四行诗，"厄运"（guignon）一词或许就不会出现在这本"识字读本"里。而这个词立马就仿佛是对兰波的一个评价，就像他诗中的词语引出的大量脚注中又增加的一个。

　　今天再没有人会使用这个词，至少我不会。它散发着浓浓的十九世纪的气息、最有那个年代感的诗意。波德莱尔《恶之花》中的一首十四行诗就以它为题。"在精神世界，"他说，"有某种神秘的东西叫厄运，我们谁也不能和宿命讨价还价。命运女神不言不语，但她拥有比所有教皇和喇嘛都不容置喙的特权。"马拉美也提到过"怒气冲冲的君王"面对所有人都拜倒在它脚下的厄运的"冷笑"。诅咒会让一些人感到不堪重负，但相反，那也是被命运之神选中的征兆。诅咒忧伤地刻在他们的额头，让他们注定要遭受灭顶之灾。作为交换，她会用诗歌可笑的仪式为他们加冕，让他们以此去对抗生命。就像浪漫主义所希望的，不管他们怎么说，除了少数例外，厄运依然是所有写作者唯一的信仰。

事实上，"厄运"一词兰波用得不多，他只是借伴侣魏尔伦之口评价自己时才用到，充满了对诗歌和思想的一种"迂腐"的评价，而这种评价，在我看来，让他感到厌恶。的确是魏尔伦以为在兰波身上看到"离奇的厄运和天真"，而人们又不知道其中"令人不安的理由"。"厄运之眼"已经盯上了他的情人，他一出生天上就亮起了一颗"厄运之星"。不幸会传染，会让所有接近他的人都染上跟他一样的命运。他所有的天赋都浪费了。这一场和命运的对赌，注定什么都无法让他胜出。我在想兰波自己有时候会不会也这么想："不幸就是我的上帝。"他对自己说。不过他写过这样的句子："幸福是我的宿命。"的确，他又加了一句："我的悔恨，我的蛆虫。"

这让这句话变得更加晦涩难懂。

"厄运"一词出现在《灵光集》（*Illuminations*）[1]的《流浪者》（Vagabonds）一诗中，在同一首诗里，兰波也

1　也有译作《彩画集》《彩图集》。

提到了"地点和方法"。兰波所说的"方法"我认为就是宿命，他的诗歌源于此，但那也是他的诗歌想要摆脱的，其他人和魏尔伦一起给出了这个不恰当的、已经过时的名叫"厄运"的词。没有什么逼迫你一定要去相信厄运女神。为了让她消失，只要嘲笑她，嘲笑听命于命运的那些人。移开目光，让目光透过窗，望向世界和它的幻影："穿过飘荡着罕见乐声的乡野，我要创造，未来奢华夜色的幽灵。"

"未来奢华夜色"！

谁知道这是什么意思？

厄运，不幸的宿命，都是虚妄的神明。只有信她的人才会着她的道儿。波德莱尔对不可更改的宿命深信不疑。只要人们想知道自己的命运，她就会要求人们接受它。"我以为自己在地狱，所以我就在地狱。"转念一想，也可以这么说：只要自以为在天堂，那立刻就可以进天堂。这话也不假。说到底，据传，这也是基督和两个强盗一起被钉在髑髅地[1]的十字架上的时候，对其中一个说的话。

对每个人而言，这辈子的生活是"几辈子不同的生

活"修来的。但谁也从未想过去要求他应得的生活，又能跟谁去要呢？一旦有事发生，就好像是命中注定。永生永世，该来的总会来。这就是为什么宿命被看成是必然的。如果不这样想，就要接受是混沌统治了一切。通常，人们喜欢报应不爽的命运胜过一切皆会发生的偶然。与其接受命运是没有寓意的，他们宁可相信有某个神明在决定他们的人生轨迹——哪怕它是悲惨的。落在他们头上的，他们宁可是自己选的。或者是被他们当作神的那个人替他们选的。他们可以反抗命运，因为只有这种反抗的意愿似乎赋予了他们经历过的人生某种意义。尽管很显然，意外、疾病、丧葬盲目地落在他们身上，对此他们无能为力。但大多数人都更愿意自己是一个被不公正的规则左右的世界里的罪人，而不是一个他们的存在不过是一串串偶然和数据组成的荒诞世界里的天真汉。

智慧——不管它是怎样的形式——让人们满足现状，让他们接受碾压、吞噬他们的无情法则。它更像疯狂。要砸碎必然的锁链，在茫茫的偶然中醒来，不知道命运也不知道规律，只有这样，人才会最终感到自由。这恰恰就是兰波的计划——如果我理解得没错的话。

我从来不觉得我的不幸是我该得的。我甚至很厌恶使用"不幸"这个给我所经历的事情赋予太多意义的词。

不走运，我还能接受。但肯定不希望是恶灵在狠狠地整我。恶灵是谁？是惩罚我犯的错？哪些错？如果我承认自己有罪，再给我赎罪的机会。赎什么罪？

我一直认为自己天生是幸福的。我只是把一切都归咎于剥夺了我本该享乐却没能如愿的环境。相反，我得承认我从来都不知道如何摆脱一种负罪感，把我爱的人都拖进一场败局，而我的人生跟它越来越像：自私地担忧自己的这副皮囊，急于找到属于我一个人的"地点和方法"。

一个词代替了另一个词。

或许在所有这一切之前，"光荣"一词想必是最恰当的。

奥坦丝

Hortense

> ——哦，青涩爱情可怕的战栗，在烈焰
> 纷飞、血流成河的土地上！去找奥坦丝。

《H》：一首以字母为标题的兰波的诗，让人遐想诗人本可以创作的识字读本——也包括辅音在内。这首诗是最晦涩的。或者说：最难懂的。

对这个文本的所有评论都有一个共识，认为这个字母背后肯定指的是一种让人上瘾的习惯，只是诗人羞于明确地承认罢了。或者说：他认为谨慎些最好还是保持缄默。是印度大麻、同性恋，还是别的"放浪形骸"的行为？似乎大家都一致认为是手淫。我同意。我没啥好反对的。或许这也解释了"青涩爱情"。但我期待有人可以跟我解释什么是"烈焰纷飞"。

谁知道《灵光集》要表现什么，有什么寓意？

被精液弄脏的被单，勾勒出未开发的大陆的形状，随意排列在地图上的未知宇宙。比喻一点都不高雅。可能会让人觉得是对诗人的不敬。但它很好地表达了诗歌实践中一直存在的少年自慰。

诗歌跟孩子们用墨水在纸上的涂鸦类似，伟大的雨果本人也留下过几幅作品：在墨迹当中，眼睛发现——也就是说他创作了——乌云密布的夜空，幽深喧嚣的大海，里面有细致描画的漩涡，海底全是海怪，巨大的虚无的气泡像一个个星系，跟肥皂泡一样飘浮在空中。

精神分析师把类似的画面拿给病人看，让他们对画面进行阐释。那是些在空中张开翅膀的昆虫、夜蛾。或者是：未知物种骨骼的X光片。再或者：解剖画面，从字典上撕下来的没有说明文字的地图。我还可以继续罗列，但我疑心重，害怕说得太多。看的人会把萦绕在自己内心最深处的困扰投射在幻化了的图像上。那些摆在他眼前飞溅的黑色、灰色的墨迹，他在其中看到了自己人生的样子。

沉浸在一首诗歌里，努力想弄明白它想表现什么，意味着什么，这个过程也一样。读者要赋予作者一个清晰的意图，为了让原本随意写在一页纸上、在他看来抽象费解的字能显形。诗歌越是沉默，它就越能引起阅读它的人众说纷纭。评论的多寡跟诗歌本身的缄默晦涩是成正比的。读者对它的解读要比作者多得多。情况一直如此。但对兰波而言，这种现象表现出来的反差还是非常令人震惊的。一个世纪以来，大学所有研究者都挖空心思叫嚣要破解《灵光集》的密码。但谁也没有冒冒失失地对这些教授们指出，他们在讲台上做的评论其实是公开的自我坦白。那些自以为揭露了这首诗歌的秘密的人承认的不过是他们自己的好恶、他们自己的立场。他们对兰波做出的描绘活脱脱就是一面镜子，照出的是描绘者自己的面孔。

当然，对我而言也是如此。

以前，人们没有排除兰波的生活中有过一位名叫奥坦丝的女子的假设，而这个女子的模样就藏在这个谜一样的字母"H"里。人们甚至希望在《虔诚》（Dévotion）这首和《H》一样号称《灵光集》中最难懂的诗中提到的路易丝（Louise）、蕾奥妮（Léonie）和吕吕（Lulu）也一样确有其人——瞧：三个名字都是字母 L 开头的！——或者是"高高冰川上的希尔塞托（Circeto）"——如果这里指的是一个人名而不是地名。这给研究者一些素材和理由去遐想作者的爱情。

最简单的想法常常不是最蠢的。

我比较倾向于认为："去找奥坦丝"的意思是"去找那个女人"。用易位构词或藏头诗的形式，诗人们常常在他们的诗句中放一些他们喜欢的女人名字里有的字母。他们用这种方式公开向她们表达藏在内心深处非常微妙的爱慕，哪怕她们对此一无所知。文字的音乐性总是呢喃着同样的名字——不管是一位女主人公、一位缪斯还是一位女圣人的名字："我调暗吊灯的火光，扑到床上，在昏暗中一扭头，我看见了你们，我的姑娘们！我的皇后们！"

当然，我们也可以这样假设，如果兰波叫她奥坦丝，那是出于谨慎，他在诗中谈到的那个女人定是叫别的名字。他之所以选了这个名字，是因为 Hortense 可以让人联想到一朵花、一个果实、一只蝴蝶。或者：出于另一个迥异的原因。甚至是：就为了避免各种无谓的猜疑。

我让聪明的读者自己去发现这本书前面和后面出现的这些名字的寓意。

不可能
Impossible

有的只是人类的迁徙。你在西方，但可
以自由地迁居去你的东方，你要它多古
老就有多古老——并且在那里住得不亦
乐乎。

当我在乔治·巴塔耶那里发现这个算不上概念的概
念时，我感觉自己已经把手放在了可以打开观念之锁的
钥匙上了——我应该说：通行证。我之所以说这个概念
算不上真正意义上的概念，是因为它指出了巴塔耶所说
的"被诅咒的"不可消解的部分，它不受任何形式的哲
学系统化的收编。它表明了"不－知"最后的所在，那
里庄严见证了每个人的自由。从内心体验来看，巴塔耶
说，人们通过狂喜、享乐、沉醉、欢笑或诗歌可以到达
这个所在，发现这个没有道理可言的让人之所以为人的
现实。简言之，我常说，这取决于欲望和哀悼在我们每
个人身上占的比例是多少，这是任何理性话语都无法判

断的。这个总结有点太草率。但在我看来并不是完全错误的。

罪孽在于："让所爱之人，受不可能之爱的折磨。"

这句话，我在各种场合用了差不多二十年，强调真实是不可能的，小说回应它的诉求。我不会吹嘘说这一看法有多独特。它源自古老的浪漫主义，超现实主义又把它搬出来，之后二十世纪六十年代先锋派又让它旧貌换新颜。我不认为有任何独特之处。我满足于重复前人说过的话而已。因为我觉得他们说得对。

我只是把这一思想提炼成一句口号。带点幽默嘲讽的意味。我不想让人觉得我一本正经。以眼下的风气，但凡有一点让人觉得你过于严肃认真就会让你变得滑稽可笑。但说心里话，我确信巴塔耶在任何事情上几乎说的都是对的。不管怎么说：从某一点出发，关于本质的东西。我满足于他所说的。我过去读过，现在也阅读很多哲学类的书。我明白自己能做什么。如果我的路数不是学院派教的那一套，我也不觉得需要给自己找借口。权威的论证从来都不应该唬任何人。哲学话语的本质归根到底就是诡辩，诡辩总有点雕虫小技的意思，我在想人们怎么可能一时糊涂被蒙。只有一种真实的想法揭露了公认的哲学家们在学院派的自负和博学的外表下隐藏的实质，可以让人抛开他们写的所有枯燥乏味的论文。

"不可能"是《地狱一季》其中一章的标题。谁也不是很清楚，为什么这个标题跟那一章的内容是那么不符。兰波在里面提到了东方。他把它作为"原始的部分"来对抗现代欧洲假哲学的智慧。如果要说的话，从某种意义上看，这句话跟巴塔耶的话并非没有联系：至少从他怼权威的方式，而权威正是西方思想最看重的。但因此说巴塔耶从《地狱一季》中得到灵感，形成了他个性化的关于"不可能"的观点，那也过于轻率了。

对兰波而言，东方是"别处"的一个指称。而这个标题，是对某种极可能有问题的求证做出假设。甚至是：完全不可能。这解释了所指章节标题的由来。因为别处只有在人们远在他乡、感到自己被排斥时才是别处，是从他的来处、不管做什么都永远依恋的此处出发去看的。它从来都不是神奇的、永远都无法到达的、有幻影浮动的地平线。而这些幻影在人们走近时就会消散在空中。

为了走出自身文明的禁锢，人们假设在自己置身其中的精神圈之外，在时空的某处存在一个可以让他安顿的地方，用新的形式和身份让自己重生。这样一个乌托邦适合所有幻想，让人以为找到了心向往之的乐土。它把他们安放在一个遥远的、足够陌生的地方，为了让他们无法去验证，让现实永远无法戳穿他们的美梦。这就是为什么他们梦想的东方只存在于非常可疑的天堂里。他从人们让他精心编织的幻想中寻找素材。人们把它叫作"异国情调"。兰波也不例外，也不能免俗。他的梦想在地球的另一边呼唤他。和很多人不同，他在游荡的一生中追随它。但就在出发的那一刻到来之前，他也知道那不过是自欺欺人，他要去的东方并不存在，它不过是一种虚构，只要装出一点相信的样子就可以摆脱地狱般的境遇——注定的洗礼——并证明自己的自由。

我第一次出发去日本——那是我的东方，距离现在已经不止十五年了，我当时满脑子也是类似的想法。我想把自己过去的生活留在身后，就这样给自己一个重新开始的机会。或者不如说：我想在别处继续生活下去，不管怎么说，用一种让生活还有可能继续下去的方式。我在小说《然而》当中讲述了这一切，书名是从小林一茶谈到女儿之死的一首诗中借来的："露水的世／这是露水的世／然而然而"。你永远无法摆脱自己的故事。无论在哪儿都会重新找到它，不管你自以为在过去和自己之间隔了怎样的万水千山。这就是我在日本得到的教训。有些人认为它是讽刺的、苦涩的、残酷的。而我，我认为它非常正确而且非常温柔。事实上，我想要的就是这个，别无其他。

我很清楚，从那以后我写过很多关于日本的书，但那个日本是我想象的日本。我用自己的方法把它变成了一个寓言，尽我所能去为它辩护，解释说我对这个国家和它的文学的所有误读，就像普鲁斯特所说的误读一样，也不失美感——甚至，这看起来似乎很矛盾，匪夷所思，也不全是不实之词。所有人们以为发现的、创造的一切，给世界一个属于自己的形式，从中认出自己，并通过这个形式继续他的生命之书。只是，并非所有的寓言都是一样的。这也是我读到今天在文学的"和风热潮"（japonisme）下催生的大多数书时的心中所想，这股和风热潮不是我掀起的，但我认为它的再度风行主要归功于《然而》。要在自己的梦想里多一点认真，多一点思想。否则，就和大多数情况一样，人们会满足于再次把依然走俏的假币倒卖给那些想看这些陈词滥调和刻板印象的读者，而他们也乐在其中。

我常常回日本。人们对我充满善意的接受激励我写这个国家，写这个国家的作家和艺术家。以至于，尽管我一再否认，我还是被当作日本文化的专家，尽管我心里很清楚自己对它几乎一无所知。不过，我的确比大多数"旅行作家"对它更了解一点，他们那种自我满足的无知简直跟大海一样深不可测，丝毫不像我还有点不好意思夸夸其谈。我从来没有狂妄到认为自己能说出何谓日本之"魂"，此外，这种表达和它让人产生的联想都让我厌恶。我对日本知之甚少。我唯一能肯定的，也不太可能让我成为权威的是：我从日本学到了很多东西。

从他所说的东方，兰波宣称，我们不知道这是他自己的想法还是别人的想法，他是这样说的："这显然是粗鄙怠惰的空梦一场！"的确如此。"粗鄙"，我很认同！我在京都度过的春天和夏天是我有生以来最幸福的时刻之一：除了勤奋学习一门我只学到了皮毛的语言，那是一段"懒散"的时光。

"懒散"：无所事事，感受虚无，晴空之下空洞的漫长假期，一段奢华而宁静的空窗期，幸福的无聊，学习不把自己当回事儿，直到不再意识到自我的存在。

我
Je

我是另一个。

有些人，我已经注意到好几次了，常常很肯定地说，在日语中，"我"不存在。他们以此来论证"个人"这个概念本身是西方文明的专利，产生在耶路撒冷、雅典和罗马这边，这个概念给了它唯一的意义。沿着这样的逻辑推理，"个人"只在我们这样的气候中才存在。通常也是同一拨人，进而得出"思想"只说希腊语或德语而不能用其他语言来表达的结论。当然，什么也不会禁止给"个人""思想"之类的词语赋予专属于它们的定义，然后把它们的使用限定在你认为唯一值得运用的范围里，因为缺乏好奇心。那些我提到的非常博学的人对日本、日语和日本文化一无所知。但他们谈论一切时摆出一副不容置疑、自负的架势，他们模棱两可的说辞让那些轻信的头脑印象深刻，有时候打消了所有反驳这些可悲的、偏狭的愚蠢见解的念头。

事实上，在日语中有好几个单词来指"我"。私（*watakushi*）是最常用的。只不过在这门语言中，句子的主语——也就是人称代词是可以省略的，或许误解就是由此产生的。对我而言，从纯粹的语法出发，由此得出日本之"魂"的本质可能是很轻率的，况且它根本就不存在，并进而肯定它不懂"个人"的概念，不管它所指的真正含义为何。

很多东西让我对日本文学感兴趣。最主要的是发现在日本有一种用第一人称写作的传统，比卢梭甚至蒙田还要早，可追溯到古代，借用了非常古老的创作形式如随笔（*zuihitsu*）、日记（*nikki*）、俳文（*haibun*）和叙事，它赋予了现代文学初期的自传小说一种特定的形式［后来，在我们这里被冠以"自我虚构[1]"之名，而在那里，很早之前就被命名为私小说（*watakushi-shôsetsu*），即"'我'的小说"］。在《然而》这本书里，我做了一个小小的实验，在我的脑海中，要把某些日本文学特有的个人写作的模式，不管是古代的还是现代的，搬到法国小说中来。我得到的结果可能跟我的初衷相去甚远。但这让这本书，和后来的那些书，跟法式的"自我虚构"

---

1 autofiction，也译作自撰。

没有什么可比性，尽管评论界继续把这些作品归到"自我虚构"那一类作品里。

日本文学，如果说它有什么共性的话，或许就是受佛教影响很深，常常认为"我"是一种需要超脱的虚妄。但同时，随笔、小说、诗歌，就算最终的目的是为了消除这种虚妄，还是源于这种虚妄，正是通过这种虚妄强调了生之悲怆。至少我是这样去阅读一茶和其他作家的，哪怕这或许又是一种误读，我坚信他们给我们的教诲，说到底，本质上跟思想家和诗人有时所表达的我们自身的传统文化没有什么差别。

因为它是普遍的。

"我"是谁？

"另一个。"兰波这样写道。写的时候没有受到一个他显然一无所知的东方的（非常不确定）影响，更可能是他想到西方总是希望借哲学家和诗人愤怒的口中谈到的"魔鬼"和"缪斯"时写的。

"因为我是另一个。如果青铜唤醒小号，那丝毫不是它的错。这对我而言显而易见：我见证了我的思想的盛开：我凝视着它，聆听它：我拉了一下琴弓：交响乐在内心深处激荡，或一跃跳上舞台。"

还有："假如老白痴们没有找到被意义篡改的我，我们就没必要清除这几百万具骸骨了，自远古以来，这些骸骨汇集了他们盲目的智慧，呼唤作者！"

"另一个？"这话说得还不够。"每一个生命，在我看来都应该有好几种另外的活法。""我"的世界是由千万个化身组成的。就像在《波顿》（Bottom）[1] 一诗中，我们轮番看到"灰蓝色的肥鸟""有紫色牙龈、忧郁的、灰白皮毛的胖熊"的形象。还有一头在原野奔跑的驴。

简直就是个动物园！

"我是谁"是一个我从来不会问自己的问题：我自己，指的又是谁？另一个人，好几个别人，什么人也不是或什么人都是？

我在生活中和在书中都不会问自己这个问题。我不认为文学是个人身份的表达，更不是集体身份的表达。甚至它也不是对某种身份的追寻，长期以来受到阻碍，但最终势不可挡，全球"讲故事"（storytelling）工业流水线生产的所有情节都建立在这个非常简便的模式之上。

"我"不是另一个。从可能有另一个"我"的意义来看，在第一个"我"后面去寻找、去发现一个更真实、

1　这首诗的原名为《变形》，但这个标题在手稿上被划掉了，取而代之的是《波顿》，波顿是莎士比亚《仲夏夜之梦》中的一个人物，在剧中他发现自己变成了驴。

更深刻、更真诚的"我"。不如说我是别的：有别于人们所谓的自己，那个拥有一个可以被定义的身份，从一出生就被赋予且终生有效或是在一生中需要去获得的，每个人都要自己去发现为了最终成为他自己。

我写作不是为了要知道我是谁。

也不是因为我关心这个问题。

而是"我"可有可无。

真实属于另一种秩序：主体只有在忘我时才能自我实现。

美臀

Kallipyge

> 哦，肉体的光芒！哦，理想的光芒！
>
> 哦，爱情复苏，凯旋的黎明

小时候，我亲眼见过兰波早期的一首诗歌中描绘的美臀维纳斯：那是卢克莱修[1]给了他灵感的美臀女神，年少的他为她写了一首颂歌。他在诗中歌颂对女人及其曼妙身姿的仰慕，那是他唯一的信条，阳光照耀她的肌肤，让世界复苏，足以替代被供在凄凉祭坛上受难的基督。

在古代，叙拉古[2]有信奉她的宗教——诗人、画家、雕塑家让这一传统得以流传。在那不勒斯博物馆里有她的一尊雕像。她撩起长袍，尽其身体所能，把头往后扭，越过肩膀去欣赏自己丰满的美臀。

1　卢克莱修（Lucrèce，前99—前55），古罗马诗人、唯物主义哲学家和无神论者，《物性论》的作者。

2　叙拉古（Syracuse），意大利西西里岛上的一座城市，又译锡拉库萨，位于岛的东岸，公元前734年由希腊城邦科林斯移民所建。公元前五至前四世纪势力强盛，为西西里岛东部霸主。曾抵抗罗马侵略，公元前212年为罗马所灭。

事实上，我弄混了。我小时候见过的画像上的女神有另外的名字。人们叫她"黑色维纳斯"（Vénus hottentote）[1]。她的故事后来还挺出名的。那是一个非洲姑娘，十九世纪初，她被带到欧洲，先是在集市上展出，后来被学者们研究，因为她奇特的体态到哪儿都引起哄笑和惊叹，用通常美女的标准来衡量她的身材简直是可怕。"臀部过肥"（stéatopygie）和"小阴唇肥大"（macronymphie）是科学术语，分别指女人的臀部过于肥大和生殖器官过于突出。她的身体被做成了石膏模型，很长一段时间都在巴黎的人类博物馆展出。

我不太相信自己的记忆。不过，我做了查证：的确那个模型似乎一直到七十年代中期才从展品中撤掉。我记得小时候曾经在一次学校组织的集体参观人类博物馆时见过这个模型，可能我并没有记错。这甚至是那次参观唯一让我印象深刻的：三十几个十一二岁的小男孩，

1　也称"霍屯督维纳斯"，荷兰殖民者根据当地游牧民族科伊人说话的声调，给他们起了个蔑称叫作霍屯督人。"黑色维纳斯"历史上确有其人，是十九世纪初南非女子萨特杰·巴特曼（Saartjie Baartman）。她在欧洲真实而悲惨的遭遇被拍成同名影片《黑色维纳斯》，该片由阿布戴·柯西胥（Abdellatif Kechiche）执导，于2010年上映。女主人公早年是荷兰殖民者的奴隶，因为外形和欧洲女人迥异，被主人从非洲带到伦敦和巴黎进行"驯兽表演"，一度被"卖"给法国医科院做科学测量之用，后流落风尘，客死异乡。死后她的遗体被再次卖给医科院，做了彻底的解剖，所有的器官被保存起来，人体也被做成石膏标本展示。

在女教师的带领下，漫不经心地听着她的讲解，围坐在玻璃橱窗跟前，橱窗里摆放着那个女性硕大的人体模型，就像一位原始的、走形的、夸张的、魁梧的母亲，乳房和臀部大得不成比例，外表看上去就像远古的神，比所有其他神出现得都更早，到处都受到我们老祖宗们的膜拜。

而在那里，她就像是一种史前遗迹一样被展示，见证了人类某个跟其他动物种类还没有明确区分的生物进化时期。或者是：就像一个隐秘的图腾，被莽撞的探索者在一个不欢迎他们的丛林深处当作战利品掠夺。又或者是：就像一个日本人所说的神（*kami*），有相扑手（*sumotori*）那般体魄的大自然的精灵。在座石上，她蠹立着，巨大、怪诞、骇人的偶像。在我们这帮小男孩的偷笑中，生出一种神圣而恐惧的情感。

我想是弗洛伊德，在谈论女性时用了"黑色大陆"来形容。就我们看到的那一幕而言，他形容得挺贴切。在我们孩童的眼中，因为她象征了一个原始的世界，一个久远的过去，人类博物馆的维纳斯就像所有荒诞幻想的总和，表达了同一种对远古和未知的原始的恐惧。

我不记得她的性器很明显。或许它的确如此。此外，她整个身体就像一个肥大的性器，仿佛生殖器像一朵巨大、臃肿、肉嘟嘟的花朵盛开。不注意到她臀部异常丰腴的赘肉是不可能的。模型的逼真——致力于完美再现模特的原貌，甚至是她的肤色——让我们感到内心更加慌乱。模型做得那么生动，让黑色维纳斯跟我们在卢浮宫看到的白色大理石材质的希腊美丽雕塑，几乎无性欲的裸体很不一样。

一个肥硕到夸张程度的女人。话说，我觉得这是我第一次看到裸体的女人。跟懵懂少年翻阅情色杂志或色情片在他眼前催眠般播放时一样目瞪口呆。若要描绘我在这个女人形体面前的感受，我以为自己当时感受到的，"好奇"这个词都不够分量。不如说是一种惊愕，不安的情绪压倒了欲望。老实说，这跟库尔贝[1]的画给人的印象类似：货摊上剁好的肉，没有头和四肢的躯体，千疮百孔，露出肚子里的内脏，可以看到肉的肌理和层次，没有丝毫"人"的意味。

我没有把自己当成是一个性取向正常的典范。我很了解自己不会这么去做。但我对男人常常表现出来的对女人的恐惧感到奇怪，因为恐惧，常常流露出厌恶、

1　库尔贝（Gustave Courbet, 1819—1877），法国画家，现实主义美术的代表。他指出现实主义本质上是民主的艺术，反映生活的真实是艺术创作的最高原则，强调反映平民生活的重要性和意义。

蔑视、控制和贬低女性的意愿。兰波在《太阳和肉身》(Soleil et chair) 一诗中歌颂的维纳斯跟另一首诗中的"屁眼生疮、丑陋无比的肥臀"遥相呼应。对大多数人而言，理想化的形象很快就被颠覆了：女神成了垃圾。在"阉割情结"(complexe de castration) 里，精神分析很好地解释了这一转化因何并如何发生。

但就我个人而言，老实说，我得承认，面对女性张开双腿露出私处这一幕，自己从没能克服一种怀疑的情绪，惊愕之中夹杂着困惑和赞叹，还有隐隐的不安和抑制不住的欲望，想要进入，用自己的性器官去检验这个与之相对的性器官。

这种欲望永远没完没了。

一种严格的分隔把你摆在两性的某一边，你无从选择，也无法改变。我完全赞同，除了文化分别赋予两性的社会规约和习见构成的现实以外，别无其他，而正是这些社会规约和习见塑造了个体身份可能的维度。这对本质不会造成丝毫改变。因为文化因素并不比天性对人的作用小。确切地说，它们构成了人们所谓的"第二天性"(seconde nature)，一旦第二天性占了上风，变得比第一天性更理所当然，那么想摆脱其约束的努力甚至都会受它操控。

两性。不管你生来是哪一种性别，你对哪一种性别更感兴趣，你对世界上另一半异性都抱着一种同样无休止和焦灼不安的好奇，另一半是你缺少的，而这另一半也给你呈现了另一种性别古老的、本质的面貌，所有的生命智慧都旨在寻找，以统治或顺从、占有或认同的方式，一种和这个一无所知的他者共处的可能性，这个藏匿在内心或自身以外的他者。

这可能会让那些对自己有错误认识的人大吃一惊，不过如果说我喜欢克尔恺郭尔，那也是因为他写的关于女人的文字，在恋爱中坦承自己无法理解女人。更确切地说：无法理解赋予女性的幸福，那种在他看来专为她们准备的幸福，因为她们对自身的不幸有一种天生的无知。

In vino veritas[1]："做女人是一件十分奇怪、十分令人困惑、十分复杂的事情，乃至任何词都不足以形容，于是人们喜欢用无数形容词去说明做女人是怎么回事，但这些词往往自相矛盾，也只有女人才能忍受做女人，或者说更糟糕的是，会为自己身为女人而感到幸福。"

而且，在他的日记中，对女性有点高高在上的同情、表露无遗的性别优越感："做女人是多么不幸啊，然而，

1　拉丁语：酒醉吐真言。

当一个人身为女人时，其不幸归根结底还在于她实际上并没有认识到这是一种不幸。"

但克尔恺郭尔并不因此无视自己对女人的痴迷："做优越的男性是多么可怕的痛苦啊！而且，从某种意义上说，做女人是多么令人羡慕的幸福啊！"

我很清楚这样的表达反映了怎样的幻想、怎样的弦外之音。

不过老实说，有时候，我也会这么想。

自由

Liberté

> 你想怎样？我非常执迷于热爱自由的自
> 由，还有……一堆"让人心生怜悯"的
> 东西，不是吗？

这封信的日期是 1870 年 11 月 2 日。兰波写给乔治·伊藏巴尔（Georges Izambard）的。他署名为"这个'没心没肺'的 A. 兰波"。引号或许表示这是年轻人引用了老师对他的评价，不管是否带着讽刺意味。这是他最早离家出走的那个时期，离开夏勒维尔（Charleville）去巴黎或布鲁塞尔。国家在打仗。诗人的冒险开始了。出于少年一时的心血来潮。为了解释为什么他在自以为已经离开的世界重现的"阴霾"里腐烂，兰波坦承："你想怎样？我非常执迷于热爱自由的自由。"

"自由的自由"？奇怪的表达。有不自由的自由吗？或许有吧，因为兰波如是说。就好像自由本身还要求自由，谁的自由？什么样的自由？以期达到完完全全的自由。这要求人们十分执迷，直到自己在别人的眼中成了有点伤风败俗的同情对象："让人心生怜悯"。

兰波英勇地经受住了"自由的自由"的考验，他的传奇人生便是见证：谁说真话，谁说假话，谁或许说的既是真话也是假话。从中得出的教益是矛盾的。这真不是我所关心的。把别人的人生转化为一个正能量的榜样，并以此来教育世人——不管这一训诫的意义是什么，也不管是用褒扬还是损毁的方式去谈论别人的生活，的确都让人厌恶。"履风者"（l'homme aux semelles de vent）跟家人，跟曾经接纳过他的诗人们，跟爱他的男男女女不辞而别，离开了家园。他漫长的出走引起的非议，多半表露出来的是想控制他的愚蠢尝试。得非常狂妄自负才会问出这样的问题，在他生命最后的孤寂里，在远走非洲的漫长岁月里，尤其是在他垂死的那张可怕的床上，兰波是否否定了他的自由，或者说他最终赋予了自由适合它的正确形式。

我对此一无所知。或者不如说：我认为谁也不能代替兰波自己去评判。有一些教授和诗人，他们一方面要求自己拥有兰波身体力行的自由，一方面又不能践行他们所谓的自由，却指责兰波还不够自由，没有把自由进行到底，我觉得这种方式挺可笑的。不应该评判兰波，也不应该评判任何人。我想说的是，最好还是把评判人的权利交给创造人类的造物主，但他并不存在："正义的幻影，是上帝独享的乐趣。"对那些自以为能对别人妄加评论的人，希望他们至少不要置身事外，对他们用袖手旁观或高高在上的眼光去评论的人生体验并非完全一无所知。

　　每个人都自以为是自由的。以其各自的方式。把自己的方式看成是唯一的标准去评判他人的自由。应该说，关于束缚的诡辩都是很精彩的。它们蛊惑人心，轻而易举地说服他没有任何东西束缚他，异化他，他有自己的原则，从他的原则出发，他至高无上的判断影响着世界，完全独立自主地对它产生作用。甚至客观地看，最受奴役的人也总能认为他所受到的制约都是他心甘情愿的，是他自己选的。或者至少是他已经接受的，认同的。但说到底，反过来也是一样，诅咒让他感到沉重而又无法挣脱锁链的人，也完全可以宣称自己用拒绝来对抗自己的命运，他还保留着仅存的自由的证明。

　　"注定是自由的。"就像萨特所写。少年时期在阅读克尔恺郭尔和尼采的书之前，我最初看过的正儿八经的当代文学和哲学书就是他和加缪的作品。圣日耳曼德普雷的潮流过去四分之一个世纪后，我以自己的方式成了存在主义者，一个独自待在自己角落的中学生。和兰波说的相反，就像他自己的情况所证明的那样，不满十七岁的时候常常很严肃。我确信，在我内心深处，我一直忠于自己当时朴素的领悟。它教育我，在偶然和必然统治的宇宙，上帝和自然都无法告诉人应该怎么活，每个人都要自己决定自己的命运，树立指引人生方向的价值观，坚持初心，否认世界彻底的无意义，让重新适应现实——哪怕是用反抗它的方式——再次变得可能。今天，我很清楚这样一种信念有它天真的浪漫之处，尤其是通过我所做的有点简化的概述，这种浪漫主义格外吸引当初像我一样的年轻小伙。

不过，我到现在还对此深信不疑。

我没有违背初心。

就像所有人一样，我以为自己是自由的。就像所有人一样，我认为自己比周围大多数人都自由，我看到他们为情所困，为物所累，却不自知，不愿意承认。尤其是那些知识分子、作家和艺术家，他们从来不质疑他们所谓的思想、言论和艺术自由，认为自由会让他们超凡脱俗，可以不用低头，不用妥协，而事实上，这一切他们是默许的，甚至他们宣扬所谓自由的作品内容也是言不由衷。

当然，我不确定自己比别人更不容易被诸如此类的诡辩所迷惑。我自以为是自由的。这并不意味着我是自由的。我这一生中，真正由我自己做决定的事情不超过三四件，因此我人生的轨迹也是在稀里糊涂中画下的。这太少了，但对那些从来没有自己做过决定的人而言已经算多了。这些屈指可数的决定，若说都是我自由做出的，或许也是我想当然了。不知不觉中，它们或许是由我的性格决定的，受到了我的成长环境的作用，也就是说是主观和客观条件决定了我可以选择的范围。更何况我自己未必意识到，自己三番五次受到所有这些因素的影响，完全可能走上一条和我之后走的不同的道路，在世界的迷宫里朝左拐了，而不是朝右拐，成了一个和今天的自己不一样的人。

所以，我必须选择一种方式，或另一种。

或者：这就是偶然唯一的结果。

至少有一次，我曾是自由的。可是我的人生际遇是如此特别，我怀疑是否有人能理解。我很清楚把它说出来是不得体的。当我女儿死了，世界突然没了意义，时间脱节了，所有应尽的义务都消失了，不管是之于这个世界还是之于我自己，飘浮在虚无之中，再没有任何牵挂：我在别人眼中又可怕又可怜，但是摆脱了一种"自由的自由"是什么滋味，我从此以后懂得了，而代价是我整个的人生。

现代

Moderne

必须绝对现代。

兰波所说的"自由自在"要求跟世界道一声别。

这就是《地狱一季》的终结。这本书的最后几页我想我读过几十遍，但我怀疑自己是否真的读懂了。每个句子都能引出一堆阐释，但阐释永远不尽如人意。兰波宣称："必须绝对现代。"这句话成了所有先锋派艺术家的口号，用来为他们和兰波相去甚远、可有可无的大胆创新正名。但很可能兰波并没有想过要为一些尚在酝酿的学科创立一个学派，提供一个纲领，甚至是一个口号。

当他写完《地狱一季》的时候，兰波在清算，在反思，否定自己曾经相信的一切："我尝试过创造新的花卉，新的星辰，新的血肉，新的语言。我自以为已经获得了超自然的法力。怎么！我必须埋葬我的想象和记忆！被剥夺艺术家和说故事的人的荣光！"后面紧接了一句："我呀！我曾自以为是魔术师，是天使，不受任何道德伦理的束缚，我回归大地，带着寻找的责任，拥抱严酷的现实！我只是一介农夫！"

我注意到前面这句引文，虽然很有名，但人们很少强调这句话蕴含的批判意味，把自己放在超越善恶之上的自命不凡——"不受任何道德伦理的束缚"——艺术家们成天把这句话挂在嘴边，在兰波为"堕落"和"放纵"辩护的那个时期，他本人也大肆宣扬。这是《地狱一季》表达出来的前后不一致的一面，与其说他否定自己之前的信仰，不如说兰波赋予自己依照词源学和神话传说"重新歌唱"的可能。

对兰波而言，"必须绝对现代"意味着放弃通过艺术来再造一个崭新的、令人迷醉的现实的梦想，同时也放弃了他原本打算扮演的超凡脱俗的天才角色，化蛹成蝶。他宣称要放弃所有过分迷恋宗教和美学的形式，为了像一介农夫一样，回归土地，"拥抱严酷的现实"，坚决抵制教士和诗人给出的所有虚假和画蛇添足的意义。

兰波是在跟他的诗歌告别：完全无视自己从前写过的作品和耽于幻想的目空一切、无谓的青春。他并没有烧毁他的作品——为时已晚，他的作品在不断地传播，扩散，由不得他自己，哪怕诗人已远走他乡。最好——或者说最坏的是：不再感兴趣，把作品留在身后，让它见证曾经的自己。兰波的这一行为也是在向整个诗坛告别，他已经把诗歌推到了极致，为了更好地证明诗歌的无用，揭露它的虚妄和它应受的藐视。戏落幕了，古老的浪漫主义只是最后一幕，跟文学起源以来的整个历史混为一谈。

除了必须要有诗歌，为的是将它弃绝。它在完成自我献祭的时候是不可或缺的，必须要到达最炽热、最光辉的顶点才能彻底燃尽。兰波还是创作并发表了《地狱一季》，让他的诗歌产生了最强烈的共鸣，而他本人恰恰在贬低它，扼杀它。跟人们长期所想的相反，这不是他最后的诗篇。在《灵光集》中，他也用了同样的手法。这让人忍不住以为过程是无休无止的，诗歌也会永恒轮回，宣告自身的不足为了更好地证明它不可或缺的必要性。同样还有它的反面：只有在揭露自身可怜的、自负的不足时才是不可或缺的。

兰波也是要跟世界告别。不过，用和前面类似的把戏，他的逃离把他离开的世界又还给了他，让他发现它赤裸的、原始的、一览无余的、灿烂的美。此刻世界无边的全景展现在他眼前，仿佛他第一次看见一样。在诗篇的最后回响的令人惊讶的凯旋调子——"我已经赢得了胜利"——便由此而来，并给了他从过去的情感中抽身的力量，独自一人，孤立无援，为了一种个人拥有的、完全的真实。最后一句的确非常有名："一个巨大的好处，就是我可以嘲笑古老的骗人的爱情，羞辱那些说谎的夫妻，——我在那里看到了女人的地狱；——而且我可以在一己灵魂和肉体中拥有真实。"

"在一己灵魂和肉体中拥有真实。"

我觉得从来没有比《地狱一季》更好地做出推理直到得出它不可辩驳、合乎逻辑的结论。兰波，在短短几年，在为数不多的文章中，再次做了整个论证，阐释它，直到得出结论，飞快地穷尽了诗歌的所有可能——同样也是生活的所有可能。然后，问题解决了，他把一切草图抛下。把它们丢给有心为他自己或通过他自己在夜的大黑板上再做一次计算的人，在夜里，兰波曾用散文和诗歌的方程写下星座般星光斑斓的字谜。

"现代"一词今天在艺术和文学上已经不太流行了。大多数作家都停留在兰波嘲笑的陈旧的诗歌阶段：可悲地认定自己是占星师或天使，毫不怀疑自己拥有金矿石，可以让他们点石成金。而事实上，他们自己也不太相信，正因为如此，反而表现得越发在意去捍卫信众越来越少的教义。另一些人像跳山羊一样跳过问题，宣称这个问题已经过时了，满足于他们所宣扬的快乐的无意义，鼓吹一个娱乐至上的社会。

"必须绝对现代"意味着："坚持曾经迈出的每一步。"

由此，以同样的姿态，在肯定的同时否定了诗歌。

虚无
Néant

　　和等着你们的麻木相比，

　　我的虚无又算得了什么？

　　二十年前，虚无这个问题深深困扰着我。

　　这句话一直留在我的脑海里，它先于其他所有问题，我很清楚这句话听起来有点可笑，的确过于自负，说出来会让人笑话。

　　应该说，虚无问题是个好问题。无论我们从哪里入手去考量，都避不开这一难题。一旦意识从所有让人分心的娱乐消遣中回过神来，它就会重新萦绕在每个人的心头。我不能肯定这种说法和其他说法比起来有什么新意，有时，人们也认为是"上帝已死"的假设引发了虚无问题，这一幻灭让前人赖以寄托思想的一切信仰都化为乌有。当然，这很难判断，因为我们总是身处当下去思考过去。但我深信这样一个问题绝不只关乎现今。并且我也很难看出对这个如此根本的问题殚精竭虑是现代人的专利，古人自以为免受其扰，但实际上，他们对虚无同样深有体会。克尔恺郭尔谈到的这种困惑，也存在于所有的书中，不管多古老的书，乃至是圣书，亚伯拉罕登上摩利亚山（Moriah），约伯坐在炉灰中，在敬畏与战栗中，感受他们孤独荒诞的命运。这种荒诞的孤独感是一样的，所有的思想都源于此，每个人都可以用他所处时代赋予他的不同词语，重新去思考它，表达它，尽可能去描摹它。在这一点上，同样我也不太确定，如果思想历经真正的考验时，和毫无概念基础的个体全身心投入的忧思冥想比起来，哲学那些复杂、艰深的论证是否能走得更远，道出别的玄机。

这一问题对所有人来说都一样。因此没有人能在某天参透它。以一种形式或另一种。兰波也不例外。我不知道收录在《灵光集》里的《人生》（Vies）一篇是否写在《地狱一季》时期，还是在那之前或在那之后。相信没有人知道。这不重要，因为他的论证概括了诗歌和思想形成的全部历程，正如兰波写道："流放至此，我拥有了一个可以上演所有文学中的戏剧佳作的舞台。"在"找到某样像爱情的钥匙之类的东西"后，他成了创造者和音乐家，给自己上演并图说了一场人间喜剧。在众人的冷漠中，因为他没法让身边任何人去见证他至臻完美的天赋："我的智慧和混沌一样不值一提。和等着你们的麻木相比,我的虚无又算得了什么?"兰波说的不是泛泛的虚无,而是"我的"虚无。那个他亲身体验过的虚无。那个他确信好过"麻木"的虚无,而那些不希望体验真理的人注定走向"麻木"。

在《快乐的知识》与《查拉图斯特拉如是说》中,尼采预言了"上帝之死",并提出了他里程碑式的"虚无主义"理论。但兰波比他早几年就有了类似的想法。没有兰波,不用他提供的思维模式,思考虚无就成了一个难题。二十年前,我就说过这样的话,当所有这一切困扰我时,我重读了尼采的所有著作,之后,免不了又读了海德格尔和其他几位哲学家的作品。我这样做了,正如我一贯做的那样。也就是说:用我那不太学术,因此也利弊参半的方法。这一方法也被我运用到我的小说里。比如《然而》中的日本诗歌,《薛定谔之猫》中的量子力学,我在书中引用了毕加索的一句话:"当我读一本有关爱因斯坦物理学的书时,我啥也没弄明白,不过没关系,它让我明白了别的东西。"我不确定是否读懂了尼采和海德格尔,尤其是他们有关虚无主义的言论。我没有故作谦虚:我懂得仍然很少,但总之也足够了。但我明白了别的东西,它们让我更感兴趣。越读尼采,我便越爱克尔恺郭尔。关于海德格尔，我知道得越多，我越会对自己说，本质的东西，显然是在巴塔耶的书里。

我曾准备写点关于虚无主义的东西。那时我出版了一些文章，本来这些文章完全能够写成一篇论文，但我当时没有进行下去，也不认为有必要再捡起来接着写。不是我不想写，而是除我之外很多人早已把这一话题写烂了。从某种意义上说，我应该为此感谢他们。他们对虚无主义大肆渲染，我从中看到和自己的想法相悖的论调。某些法国作家对"虚无主义"这一概念的滥用令我不快，进而是恼怒，也让我对写此类话题的文章失去了兴趣。

虚无主义？

通过这一名词，我们揭示的通常是一种文明的状态：没有文化参照、丧失了意义的概念，对一切放任自流满不在乎，个体在其间处于失控状态，堕入虚空，没有任何信仰能帮助他们抽身逃离。由此，为了摆脱虚无主义，社会想要推翻那些已经摇摇欲坠、过时的偶像，恢复过去的价值体系或代之以新的价值体系试图弥补其原有的弊端：宗教或政治上的复辟或革命，都遵循这一原则。而对于个人来说，为了脱离群众，摆脱消沉，就要对虚无有一个真正的认识，在艺术家们宣称与世界决裂之时喜欢处于一种所谓悬空的位置，这一认识虚无的绝佳位置让他们心醉神迷。

目前对于虚无主义的言论只不过是披了新衣，骨子里还是它从中走出来的十九世纪古老的颓废主义。或者不如说：它还从未从中走出来的颓废主义。对世界的鄙夷让人们想要摧毁这个世界从而建立一个新的世界，又或是以毁灭为代价，让现有的世界浴火重生。当今的作家们对虚无主义无力且常常是歇斯底里的诅咒——不管他们如何称呼虚无主义：现代性也好，自由主义也好，景观社会也好，技术统治也好——旨在使人们相信他们那疑点重重的假想，他们天才的思想和艺术也只能通过这些可怜的假想才有可能摆脱共同的平庸。这些毫无意义的东西同古老的十九世纪的过时言论如出一辙，从前，也有其他作家和艺术家痛斥现代世界对一切形式的灵性和感性的压抑，目的是以民主的名义实现大众的统治、物的统治。他们当中最平和的人满足于为自己索取一种微妙的乐趣：见证世界终结以便从中找到写几首绝妙好诗的素材。其他人则憧憬一个能够使宇宙在血与火中重生的世界末日。世界末日，别忘了，最终的确发生了。正是这段历史引导大量知识分子完成了从忧郁堕落的享乐到在二十世纪两大集权主义各自的旗帜下积极革命的转变。如果时机成熟，我看不出为什么同样的原因在未来不会导致同样的结果。

从我一生的某个时间点开始，"虚无"对我来说就不再是一个单纯的词语了。我的想法变了。我不再认为"虚无"能够或应该被了结，因为虚无是构成我们存在的基础，我们只有直面虚无才能成为完全意义上的人，从这一点上说，拒绝站在虚无的对立面是很有必要的。意识觉醒了。夜色笼罩世界。在充满悲悯的黑暗中，响起小说呢喃的话语，它让我们想起虚无，让我们感到自己还活着。

不需要战胜虚无。

甚至也不需要治愈虚无。

只需要经受住它的考验。

神谕
Oracle

千真万确，我所说的，就是神谕。

"神谕"一词源于拉丁语中表示"说"（parler）的动词。它指的是神对信徒提出的疑问所给出的答复。真理就是这样被言说的，但这是一种谁也无法确定自己真正领会其深意的方式。事情的讽刺之处就在于此：最确信的和最不确信的被连在一起。神所言非虚，但他所揭示的真谛却被封印在神的言语奥秘里。神把启示传给向他提问的人，给后者去阐释、去明确其含义的自由。

一切都和诗歌一样。

"千真万确，我所说的，就是神谕。"兰波在《坏血统》中写道。

他口中所说的真谛，兰波并没有断言它本质上是神圣的或是超自然的。与人们常常认为的相反，他也没有说过，至少没有确切说过，它源于作者可能曾秘密受教的神秘学。尽管他很清楚什么是疯狂，而且常常和疯狂为伍，但他并没有陷入谵妄。他最常说的，是"理性"
支配他的言说：这也是他同时代的人信仰的，理性主宰
科学，推动世界运转并前进，引领人们步入精神王国。
在这个意义上，把兰波当作是启蒙时代的作家并没有错。
但他构想出的启蒙之光过于耀眼，简直要被亮瞎，往往
与浓得化不开的黑暗也相差无几。

每当我对语言稍有失望时，我就很乐意打开兰波的
书，仿佛在查阅一道神谕，遇到看不懂的句子就停下来。
而这些句子也因此变得和预言一样，任我给它们下一个
合我心意的含义。我坚信兰波说的都是真理。我也坚信
他说的真理只取决于我为这一真理找到的意义。

我对待兰波的书就如同传言中人们对待《易经》一
样。《易经》里面讲到的六十四卦由完整的线（阳爻）和
断裂的线（阴爻）组成，它们对应支配宇宙的两大既对
立又互补的法则。它们穷尽了所有可能出现的结果。每
次出现的随机卦象都解答了人们向神提出的疑问。神谕
伴有诠释，但这些诠释太过抽象、太过晦涩，以至于人
们只有在代入自身后方能领会。

这就是众所周知的占卜的原理。

我随意抽出了二十六个或多或少曾经出现在兰波诗
歌中的词语，并且让它们的首字母和字母表中的二十六

个字母一一对应。我查阅这些词出自哪一个句子或是哪一句诗，并把它们当成这些词语的注解。我用这些词写一篇文章，在文章中，我阐释这些词语，仿佛它们和我休戚相关。奇迹便是神谕所言非虚。这一系列诠释以小说的形式编排，让我从中又找到了对我人生的诠释。

我是最不迷信的人。不如这么说吧，我一刻都没有把兰波的作品看成是某种蕴含世界真谛的圣书——更不用说是我自己人生的真谛。然而，完全无须信仰某一神明就可以信赖形成这一信仰的宗教仪式。作为一个务实者，我认为，只要相信这些仪式可以带来实效就够了。

我很喜欢伟大的丹麦学者尼尔斯·玻尔说过的一句玩笑话。当有人很惊异他家墙壁上挂着马蹄铁时，他指出："据说就算你不信也一样灵验。"[1]

在我看来，作家和艺术家在某种程度上说是古代占卜师的后裔。他们像看一本书一样看世界，观察祭牲的内脏，研究空中飞鸟的行迹。占卜师借助他们的棍子，即 *lituus*（魔杖），在地上圈出一块地方，赋予其

1　尼尔斯·玻尔（Niels Bohr, 1885—1962），丹麦著名物理学家，这里说的是他的一则轶事。在西方，人们认为马蹄铁是幸运和财富的象征，常挂在家中可以招财进宝。玻尔的同事某次在其家中看到马蹄铁后惊诧道："像您一样伟大的物理学家，居然也如此迷信！"玻尔则回答道："我自是不信这些的。但据说就算你不信也一样灵验。"

"templum"（神界）的灵力。划地观天，召鸟而卜，他们借此在神界中指点万象，揭秘缘法，或者可以说，他们是要"找到那个地方，那个方法"。书页或是画布（可以引申至所有相似的艺术创作场景）等同于一种古老的神界，只不过我们用钢笔、画笔或其他类似的工具替代了魔杖。詹姆斯·乔伊斯在其作品《一个青年艺术家的画像》中即描绘了这一现象：主人公斯蒂芬·迪达勒斯拄着拐杖，目光穿越云层，追随着往来穿行的飞鸟，琢磨鸟儿充满寓意的飞行预示了他怎样的未来和使命。

我不是很确定昔日的占卜师是否对其通灵之道深信不疑。我也不确定如今的诗人和小说家是否将其创作视为艺术信仰。但无论是过去还是现在，他们所有人都一直心知肚明，他们所做之事有虚假的一面，有一点骗人之嫌，要靠信徒对他们的说教轻信盲从。然而，所谓奇迹，正是在这样的谬误当中，有时也会闪现出真理之光。

在多多那（Dodone）[1]，宙斯通过风吹栎树叶的沙沙声传达神谕。

一切无须赘言。

---

1 在希腊文明中，有一些特定的圣所，传言在那些地方，世人通过神谕与神祇交流。多多那即为一处以古老和权威性著称的神谕之所。

政治
Politique

梦寐以求的超脱……

我还是得写这个词条。

所以我要谈谈我对政治的看法。我完全不赞同政治对其热衷者或反感者施展的魅惑。在这个问题上，毫不惭愧地说，我认为自己是一个典型的民主主义者。

"说完了。"正如洛特雷阿蒙[1]所言。

我很乐意马上进入下一个词条，如果我没有意识到前面写的几行字可能会让我授人以柄。如果你不对政治表现出兴趣，单凭这一点，人们就会把你归入不负责任之徒、不称职的公民之列。倘若你是小说家，还会把你划到利己主义者和唯美主义者的阵营。

然而，我对政治并非不感兴趣，并且我坚信在我的

1　洛特雷阿蒙（Comte de Lautréamont，1846—1870），法国诗人，著有《马尔多罗之歌》，断篇《诗一》《诗二》等，他是一位早夭的天才，后来被超现实主义作家奉为先驱。

书里，政治的分量恰到好处。如果说我没有那么相信政治，这是实话。我想声明一点，某些人认为政治需要虔诚笃信，但我从未如此看待政治。必须承认这得益于我受过良好的教育。会考之后，我又阴差阳错地通过了巴黎政治学院的入学考试。顺便我要建议所有的年轻人、所有的年轻女子都接受这种教育。用蒙田的话说："什么都懂一点，而无一精通。"我们什么都学不深入，却又什么都学一点儿：只要学习哲学、历史、地理、经济、法律、社会学的一点皮毛，以免面对现实时一脸蒙，看报时能明白个大概就好了。这让我们在还不满二十岁的时候，有时间来思考一下自己这一生真正想要做的事情是什么。

弗朗索瓦·密特朗当选总统时，我正在圣纪尧姆路的巴黎政治学院上学。他的当选闹得沸沸扬扬，颇耐人寻味。在巴黎政治学院的学生和教员中，有一部分人已经或即将成为新闻界和政界的名人。左派的兴高采烈和右派的垂头丧气一样让我困惑不已。我并非低估密特朗当选总统这件事的影响，只是当时没那么重视密特朗引发的讨论，有人把他的当选视为新时代的开始，也有人认为这是法兰西文明的迟暮。政府可能变了，而社会必将改变。这改变是好是坏尚待观察。但说到"改变生活"——兰波曾借"疯狂的童贞女"之口说过这句话，它也是当时社会党候选人弗朗索瓦·密特朗的竞选口号——这似乎仍然令人怀疑。

"一个怀疑主义者，而不是一个犬儒主义者。"

当谈到政治时，乔伊斯的小说《尤利西斯》中的布卢姆这样形容自己。这句话对我同样适用。我倾向于认为这句话应该成为所有民主人士的座右铭。"不是一个犬儒主义者"：为了不屈从于"什么都一样"的冷漠信条，这已然成了投机主义者的保障。而要成为"一个怀疑主义者"：以此来抵抗声称能够改变世界、最后却只是破坏世界的那类人所共有的情感幻想和集体癫狂。这意味着：在每次能够为人民谋福祉时坚持不懈，始终追求尽可能好的解决方案，而不是相信自己能够实现集体幸福和每个人的幸福。

我怀疑自己拥有从政所需的品质，相反，我认为自己或许可以成为一名称职的高级公务员。姗姗来迟的青春期叛逆使我没能成为一名公务员。我曾穿着网球衫去参加国立行政学校（ENA）的口试，而我当时清楚照理应该穿西装打领带去。我现在很乐意说自己是当时唯一一个表现得如此大胆的考生，但事实上我并不知道（自己是不是唯一一个）。可劲儿地造作！而且，尽管我如预期一样没能通过考试，比起幼稚的衣着打扮的挑衅——但这确实会招致评委们对我的不满——更重要的原因是我忽视了应试技巧，而这也是考核内容。

我有时会为没能成为另一个我感到遗憾。大谈空话、玩弄文字——就像那些教授和作家所做的一样——没过多久就有了一些可悲的意味。这样的职业，归根结底，是不怎么被尊重的。和歌中唱的正相反，其实"我本不想成为一个艺术家!"[1]，免得沾上艺术家多少有一点儿的坏名声。可惜为时已晚！得等下辈子了。的确，比起一个知识分子，我更敬重一个护士或一个工程师。我甚至会说，比起和一个诗人相伴，我更愿意和一个警察为伍。

我知道，在我身处的圈子里，尤其对一位作家而言，懂节制知分寸并不被人看好。曾经大家一度认为，唯一恰当的姿态是控诉者的姿态，义正词严地谴责世界，呼吁推翻自己曾遭受的极其不公正的秩序，哪怕要冒着给形式最极端的暴力正名的风险，把它作为一个美学鉴赏的对象。我觉得有些书非常可笑，因为这些书的作者为吸引眼球而选择的立场是最站不住脚的，他们支持自己

1　这里的歌曲指音乐剧《星幻》（*Starmania*）中的插曲《我本想成为一个艺术家》（*J'aurais voulu être un artiste*）。

根本不了解的事业，不去考虑自己的话语会带来怎样的后果，他们只在意极力鼓吹却不践行的激进思想为自己带来的象征价值。就像第欧根尼[1]提着灯笼找寻诚实的人那样，我也很难在我身边找到一个真正民主的作家。

我认为，兰波意识到需要尽快逃离诗人圈子对他来说是一件好事。因为找寻"有待拥抱的坎坷不平的现实"须到它所在的地方。在政治上，我认为兰波属于怀疑派。的确，巴黎公社激发了他的热情，而战争让他厌恶，墨守成规让他恶心。作为那个时代的人，他曾经赞美进步，声称诗歌将为他的事业服务，并且会推动整个世纪的解放进程。但他并不赞成同时代人把信仰和希望都寄托在取代了基督教的新宗教上，这是一种新的狂热崇拜，"过去的男男女女迷信先知，现在人们迷信执政者"。

然而我必须承认，兰波的怀疑论随着他年龄增长越来越带有一丝犬儒主义的意味，即使他理智上反对殖民制度，但实际上却甘心投身其中。他的怀疑论后来几乎就等同于对这个世界带有一丝蔑视的漠然了——甚至对主宰这个世界的不公正的秩序也无动于衷了。远离法国，

1　第欧根尼（Diogène，前412—前323）：古希腊哲学家，出生于一个银行家家庭，犬儒学派的代表人物。

兰波写信给家人："你们同我说那些新政策，但你们不知道我对这些根本无所谓！过去两年多，我没碰过任何报纸。现在，我无法理解那些争论。我只知道该来的总会来，这就够了。"

《灵光集》的编者将《守护神》（Génie）定为诗集的最后一首诗，仿佛这首诗是本书用来总结全书寓意的点睛之笔，同时作者通过它也表达了自己的道德价值观。兰波在其中描绘了一个超自然的神灵——也许就是他希望能成为的那个存在。他预言了一个他所代表的新秩序的来临，这是一个将男男女女从所有迷信、所有陈旧束缚中解放出来的爱的新秩序。从这个意义而言，这的确是一首表达政治观念的诗歌。我们从中可以读到一个格言般的表述："梦寐以求的超脱"……我们可以同时从不同角度去解读：它表达了作者对任何形式的"介入"的拒绝——尤其是在诗歌方面或政治方面；但它同样也提醒我们，这个"超脱"只是"梦寐以求的"，逃离现实从来都只是一个嘴上说说的愿望或者是用来哄骗自己的幻觉而已。

什么
Quoi

> 又找到它了。
>
> 什么？ —— 永恒。
>
> 那是大海，
>
> 融入太阳。

关于兰波梦寐以求的超脱，另一首诗也谈到了。

> 因此你抛下
>
> 众生的拥戴，
>
> 集体的热望，
>
> 兀自飞去。

艺术是超脱凡俗的工具，兰波淡淡地说，通过它，个体能够摆脱一切他人的束缚。世界于是又向他露出本来面目，他痴迷地凝视它，沉溺其中不能自拔。事实上，兰波很少把艺术当作一种自身体验的表达来谈论。在体验被感知的那一刻，人们抵达了永恒。

这种体验，我们可以给它冠以各种名称。"灵光"（Illumination）一词挺贴切的，它可能是兰波在使用这个词时想要影射的含义之一。自乔伊斯起，人们更常提到的词是"显灵"（épiphanie）。但在大同小异的文本中，这样的思想几乎在所有作家身上都可以看到：尤为典型的是普鲁斯特的《重现的时光》；伍尔夫追忆的《存在的瞬间》（moments of being）；当巴塔耶说通过享乐、出神、大笑、醉酒或者诗歌，我们可以抵达现实被遮挡的反面从而找到其真理之所在时，我能肯定，他脑子里想的和别人也没太多不同。我们也不难知道这样的一致性源自何处：因为他们的创作方式，所有这些作家都是晚期的浪漫主义者。但这对于另一些人而言也一样：最古老的和最现代的作家同样都相信写作与一种类似的启示有关，无论他们用所在时代的语言赋予这种启示的意义是什么。

当某些瞬间，遮蔽我们窥见世界伟大的面纱撕去，其意蕴便闪烁着微光，此时我们感到一种彻底的圆满，这是一种陌生的意蕴，生命在这样的时刻变得异常珍贵，但是任何词语都不足以形容！艺术扮演着恢复、创造或激发这样的时刻的角色，准确地说，这三个动词说的并不是一回事儿，但这些瞬间显露的是整个人生难以言喻的价值，在我看来，每个人似乎或多或少都是这样想的。

我也不例外。如果我来思考这个问题，我会把自己的生活看作是一系列断续的类似经历：命运永远地将你从一个比现实本身还要真实的梦中唤醒。我也不怀疑书在某种程度上拥有去收集这些梦的能力，或者去激发它们，或者制造安慰人心的赝品，同时在现实的图景上生成一种风景，在那里，剩下的一切，包括我自己，因为这样的启示变得虚无，空无一物，只余空虚，而这也是存在从中获得唯一可能被赋予的价值。

什么？

虚无！

也是永恒。

兰波说："那是大海／融入太阳。"在凝视地平线的人空茫的目光下，天光和水光交相辉映，他在期待得到某种启示，同时也在为所有人言说。这也有其他形式。霍夫曼斯塔尔[1]在他的《钱多斯爵士的信》（*Lettre de Lord Chandos*）中说："一只洒水壶，扔在田野上的一个钉齿耙，一条阳光下的狗，一座阴森的坟墓，一个护士，一

1　霍夫曼斯塔尔（Hofmannsthal，1874—1929），奥地利作家、诗人，诗作抒情、迷人、梦幻，被称为新浪漫主义神童，是德语文学十九、二十世纪之交唯美主义和象征主义的重要代表。

座小农舍，所有一切都可以成为我的启示之源。"

我不太敢告诉周围的人，我常常问自己，普鲁斯特在表现真实感觉的方式之中，是否存在很多幽默，如他所谈论和强调的那般微不足道的感觉：蛋糕浸泡在茶中的滋味、山楂的芳香、在两块参差的街石上一个踉跄的感觉、触到嘴边的餐巾的质地等等。就好像他刻意指出，自己给予主人公的、并给读者示范的启示，揭示的仅仅是真实的、没有任何意义的、巨大而又微不足道的现实之愚蠢。当然，这不是我们从《重现的时光》中所得到的启发，所有希望从艺术中得到救赎的人所信奉的可笑宗教也不是以此为基础，相反，艺术却意欲表明，救赎并不存在。或者至少：并非以这种形式存在。

还是得信什么吧，不是吗？想象生活所赐予的一切并非完全徒劳无益。这一点我信。一部分的我相信。即使我的信仰，相对并不那么虔诚，也不会消除我心中的怀疑，一种宗教和另一种宗教一样，接替从前的信仰，并制造出一种显然虚假的诺言，承诺男人和女人一样可以进入天堂。当所有意义都消失了，哪怕世间景象激发出来的只是一时的、空洞的、几乎茫然的灵光。

我的一本读过人数最少的书，标题即出自兰波。那是一个约稿，《在金合欢树旁》（*Près des acacias*），我在书中讲述了自己在十五年前，与一些伟大的病人一起度过的时光——精神病学给他们冠以"自闭症患者"的名字——以及我得如何提防自己不受一种异常浪漫的疯狂幻觉所困扰，自发地解释这些病人传递出来的奇怪症状，好像它们构成了一种无声的狂喜，向他们揭示了一个所有人都不了解且无法言传的真实。

但愿疯狂是浪漫主义者所认可的艺术家的"天才"的名字之一，个人通过癫狂的状态和"永恒"对话是一种司空见惯的现象，但也让人自然而然会产生困惑。诗人所说的启示有时是一种意识的消隐，但凡有一点邪念，势必会质疑它产生的原因和后果：一种痉挛，仅此而已。有一天，我走在街上，一个男人摔倒在我面前，对于我这样的外行人，也能明显看出他是癫痫发作的受害者：口吐白沫，一摊尿液在他身下漫开，弄湿了人行道，他抽搐着，眼神空茫，让他看起来像个乐呵呵的傻瓜。

最终，我仍然不太确定，真实会是这副面孔。

又或许，恰恰就是这副面孔。

"一种极其滑稽又迷狂的表情。"在《地狱一季》中，兰波就是这么说的，他引用了《永恒》一诗。

什么？

兰波继续写道：

那里没有希望，

没有新生。

科学和耐心，

在劫难逃。

　　而这些诗，神秘的是，和我前面引用的诗的意蕴如出一辙。

小说

Roman

> 他读着自己不断酝酿的小说，
>
> 满是压抑的赭色天空与水淹的森林，
>
> 肉肉的繁花长在枝开叶散的树间，
>
> 眩晕、崩塌、溃败、悲悯！

但愿世间伟大的真理会在作家笔下心醉神迷的时刻显现，正是这些时刻赋予了真理存在的价值，和被写入书中的理由。我相信这样的时刻，但并不完全相信。我身上有什么东西在抗拒这样的一种信奉。

对于诗歌，我有所保留。很大程度是因为我对它所秉持的信仰持保留态度。这样说可能很奇怪，但我确信，这是我性格里的"怀疑主义"在作祟。它同样使我冷静看待对诗歌和对政治的狂热，让我不会像其他人一样听了法案评议员或者某些先知的话就惶惶不安。当然，在这里被我说成优点的，可能只是我的一个性格缺陷，让我无法像别人一样体会情感上的狂热。可怜的我！但个性是改不了的。

"说句真心话，"罗杰·凯鲁瓦[1]有一次说起，"我总感觉自己跟诗歌格格不入而无法沉醉其中。"总之我承认，出于同样的原因，我和他一样确信，很多时候诗歌更像是一张"试图解释人类普遍困惑的空白支票"，方便实施最拙劣的骗术。在关于"墨西哥跳豆[2]"的著名争论中，或许这场争论值得更多的人知道，我赞同凯鲁瓦反对布勒东。前者提议打开神秘的种子，看看里面有什么东西，弄清楚是什么在里面动弹。而后者反对这么做，推脱说谜语总是比谜底有趣得多。"我做好选择了，"凯鲁瓦回答道，决心早就已经下了，"小时候我不会玩任何玩具，我不停地将它们开膛破肚或拆分肢解，以了解'它的内部结构，它是如何运作的'。"这不是唯一的，却仍然是小说家和诗人之间存在的本质区别之一。

尽管如此，我还是会读诗。但诗人的话语只有在蛊惑人心的同时揭穿自己的鬼话时我才会钦佩他们。可以说我只爱诗人渎圣，我只能在这种情况下才把他们看作

---

1 罗杰·凯鲁瓦（Roger Caillois，1913—1978），法国作家、社会学家、文学批评家，著有《人与神圣的事物》《神奇事物的深处》等。
2 墨西哥跳豆，盛产在中美洲的一种矮灌木的种子，属于大戟科。豆子本身不会弹跳，是里面飞蛾的幼虫在作怪。幼虫很大，虫的后腿抓住豆子内壁，然后迅速地向上拱身，豆子就跳起来了。

是小说家。兰波正是如此，他的全部作品在我看来就像是一部长篇小说。《地狱一季》阐释道德，并且讲述诗歌注定难逃对自身无休无止的反思。

至于我所说的信仰，小说当然也不能完全逃脱。可以说小说一方面在向信仰低头，另一方面却在逃离信仰。这已经难能可贵。无论如何，这是我们对文学最好的期待。小说的目的和诗歌所追求的一样，都是一种空洞的启示。但小说里的启示永远都只体现在叙事中，它要求我们和生活中的平庸做出某种妥协——"拥抱严酷的现实"，兰波也曾这样说过。我们需要叙事——包括对简单虚构、对再现生活、对具体事物的些许关注，对同理心引起的感伤的叙述——如此才能使所有意义都被悬置，所有学识都哑然无语，让时钟在寂静中鸣响，让"真"带来眩晕感。这是巴塔耶说的，也是他让我懂得的。

当诗歌委身于困住它的恶魔，将它变成纯粹而抽象的文字练习时，诗歌就回避了现实。对此，我本来还有许多不动听的话要说。但是我不清楚为什么我要和这些相信他们职业是神圣优越的人闹翻，他们敏感且自命不凡，他们做到了让所有期待他们创作的人感到失望，他们是自作自受，但过多地苛责他们，就有些刻薄了。

随着小说超越、取代诗，并将诗收编之后，诗就在小说（通过融合、否定、拯救诗，并推动诗达到力量的巅峰的过程）中得以实现。这也是乔伊斯的忠告，自从微妙的三王来朝节和青年时代读过的高深的诗句——它们本身没什么意思，走进他大量出色的虚构作品的创作时，他就放弃了诗歌，转向小说，这些像生活中让人头晕眼花、无休无止的喜剧一样庸常、愉悦、可怕的小说。

真实——小说所不放弃的，我们能够给它下各种各样的定义，这些定义重复出现，相互补充，自相矛盾。最简单的字眼其含义人们往往无法达成一致意见。解释，或者说讲述真实本身就已经可以写一部小说了：我们在所处的世界出现的事物中，辨认其容貌、构成、顺序，通过这些，我们给予生命和物体虚构的存在，而它们也按照我们把它们维系在一起的情节相互影响。真实就是小说反映出来的景观，小说是真实的再现，反过来也为真实赋形，由此，虚构和真实就难解难分了。这种真实比现实本身更真实，它就在这同一个景观中开了一个洞，通过它，意识看令人眩晕的空洞，没有任何内心对应的意象，我们称之为真实。

非此即彼。

亦此亦彼。

小说的特权在于它多多少少使这两个与真实相反的

概念站得住脚：小说给我们描绘了一个世界，同时又在世界中心挖了一个使这个世界塌陷的窟窿。

我的第一部小说，是我在女儿去世时写的。如果不是女儿去世，我可能永远都不会去写小说。"若一部小说不是作者不得不写，"巴塔耶问，"那又何必写呢？"通过写一首诗去走出女儿去世的阴影，或许会让我更感到羞愧。我们称为一座"墓地"的是：在空白的纸上，故作风雅地写上几句含糊的诗句，只为了在无人称的黯淡的辞藻中再次埋葬这个孩子。我想要在书中讲述她是谁，她经历了什么。用尽可能具体的方式，把一个任何人都不想了解的现实原原本本地写出来，去对抗这样一种死亡会触及的禁忌。作为一个介入的作家，以我的方式，围绕我认为自己有权谈论的主题，我对此深信不疑。这部小说，不是像神甫、心理学家、哲学家那样旨在阐明这样一出悲剧的意义，而是为了去见证最本质的无意义，意识所面临的无意义，在它面前，人绝不能认输。

《地狱一季》快结束时，兰波写道："不！不！现在我是在和死亡抗争！"

这是小说唯一的寓意。

当然，归根结底没有一部小说可以企及这样的高度。

这就是为什么每部小说都失败的原因。我和其他人也一样。必须不断地重新开始——即使会再次失败。我的每一本书就像是第一本的重复——"重复"：按照克尔恺郭尔赋予这个词的含义。

　　我所说的，对二十年后的今天我写的这篇文章，仍然适用。

告别
Salut

这一切都过去了。今天我知道要跟美告别。

"跟美告别,"兰波说,"今天我知道要跟美告别。"《地狱一季》的手稿对此做了明确的说明:"现在,我厌恶神秘的冲劲和古怪的风格。我现在可以说,艺术是一件蠢事。"

"跟美告别"意味着向文学告别。甚至是向整个文坛告别,或者说至少是向某种文学告别。确切地说,和兰波写完《地狱一季》和《灵光集》之后疏离的文学告别。投身其中的事业让他身心俱累,他,曾经自以为是一个通灵人、一个天使、一个占星术士,而等着他的却是"坎坷不平的现实要去拥抱"。

这也意味着另一场,或者说同一场告别,即兰波向他所抗争的宗教的告别。自从洗礼的圣水从他儿时的头上流过,在他的额上做了记号,向他指明地狱的方向后,他就信奉了这个宗教。恐惧如影随形,使他陷入昏昏沉沉的睡眠中，这样的睡眠像是能控制死者的灵魂："我已经熟透了，可以陨落了，我的弱点沿着一条危险的道路把我引向人世和冥界的交界，那个黑暗和旋风的国度。"他要躲开幽灵："我得去旅行，把聚集在我头脑中的魔力驱散。"但是到处又充满了信仰的诱惑："我爱那大海，仿佛它可以清洗我一身的污秽，我看见给人带来慰藉的十字架在海上冉冉升起。"

奇怪，这些句子，我记得曾经在我的第一部小说中引用过，但是我已经不记得它们在书中的含义了。

我认为自己是人们所能做到的最大程度上的无神论者。上帝、来生、灵魂不灭、肉体的重生，我全都漠不关心。但同时，我深知，自己在天主教家庭中长大，思想耳濡目染，可能更甚的是，感受力也受到了熏陶。如果人类真的需要一个上帝，我认为，应该是《福音书》中的上帝，他选择降临在穷人和弱者之中，支持女性，让孩子去到他的身边，照顾病人，为垂死之人落泪，最后在痛苦、令人怜悯的困境中奄奄一息，在这深深的不幸中，他被世人抛弃，绝望地呐喊。我写的是，"最后奄奄一息"，但是我知道，对教徒而言，死亡不是信仰的终结，悲伤的情感会因死而复生的奇迹而消失。在我看来，除非基督教那令人震惊的真理，在于上帝虽然声称要在无依无靠的考验中取得胜利，嗓音悲壮，但仍然坚持到底。《福音书》宣称的"福音"没有完全把《传道书》中看破一切的智慧、约伯的愤怒，以及亚伯拉罕的焦虑所传达的抗议之声湮灭，归于沉寂。

我曾经想让女儿在临死前受洗。我之前并不认为这样一顿不可或缺的临终圣餐能让她在另一个我不相信的世界被接纳。但是我希望，悼词能伴随逝者，并宣称胜利不属于死亡。几天后举行的仪式上，我感谢神甫让我们在教堂听到了《旧约》里的句子，说的是失去了孩子的拉结如何不想被安慰。

在圣周六的这一时刻，所有人的故事和每个人的故事都被悬置了。这是年度礼拜仪式中最黑暗的时候，赎罪无限期地被拖延至第二天，而且就算到了第二天，赎罪也只是一个靠不住的许诺，因为没有人可以确定这个诺言会不会兑现。而那些"看到耶稣诞生的马槽就喜出望外"的人，与那些"有宗教幻想的"人没什么两样，没什么要比他们所装出来的那种深信不疑、很有把握的样子更可笑了。他们自以为从今以后就获得了救赎，就掌握了这个实则再愚蠢不过的真理，出于对道德的偏爱，他们用各种形式、在各个领域都宣扬这一真理，而且还带着高高在上的优越感去同情那些被剥夺了这一真理的人。在基督教中，我唯一尊重的就是那些已经不再是基督教徒（像巴塔耶），或者声称自己还不是基督教徒（像克尔恺郭尔）的人，他们在一切真理都动摇的时候，尽管恐惧不安、瑟瑟发抖，但依然能坚持住。

我相信唯一的悲剧就是救赎的悲剧。红尘中的男女穷尽一生都在徒劳地寻求救赎，在没有找到的情况下还会寄希望于书籍。人们的所作所为，人们付出的爱意，都是为了拯救他人，拯救自我。尤其是当人们去爱人的时候，那些与爱情相伴的所有温情都属于某种幻觉，欢爱中紧紧拥抱在一起的身体有时会让我想到两个在水中游泳的人，为了避免对方溺水，双方都紧紧抓住彼此，结果却拉着对方沉向深渊。当一个人意识到自救和拯救他人都是不可能的时候，他就会转向艺术，转向文学，或者是转向相似的其他幻觉，同时告诉自己他们可以挽回人生的灾难，赋予它一种形式，不受时间左右，从而战胜命运，现实最终会得到救赎。这样一种救赎的教义是相当奇怪的，但是也没有哪一个作家真正对它提出质疑，因为作家们以为自己从事的圣职正是基于此。他们相信自己享有一种专属的并让他们高高在上的特权。同样，能够流传后世的假设从今往后也变得不大可能了——谁还当真认为如今写的书会在一个世纪后还一直被阅读呢？——而他们不怀疑他们的作品会在他们死后还会继续留存，或者说至少这些作品可以证明他们来过这个人世，给他们的存在赋予一种意义。

或许我们还是应该把自己从这种救赎的观念中拯救出来。我感觉兰波说过这样的话。他说是他的"天才"将他从长久以来与基督教的斗争中拯救了出来："他不会离开，不会再次从天上降临，也不会为女人的怒火、男人的愉悦和所有这样的罪恶赎罪，因为这对他来说已经结束了，他已经被爱了。"不过，这可能还是自我拯救而不是把自己从救赎中拯救出来。

应当在"逃离"的意义中去理解"自我拯救"：飞快地逃开，不用回头，径直向前奔跑，幻想恶与死亡在身后播种，以期最大可能地推迟生命中的每一个时刻，不管生命的终结是多么短暂。而这正好是"履风者"兰波所做的，他传奇的流浪生涯，虽然是以不得不锯掉一条腿而告终。

一种溃乱，任由人们解读的生命，超过某个程度，就成了我所说的一切的灾难和解脱。兰波在《地狱一季》的最后这样写道："一切邪恶的记忆都已一笔勾销。我最后的遗憾也可以收起了，——把嫉妒心留给乞丐、匪徒、死亡之友、各种发育不全的落伍者们吧。"一次失去理智的逃离，如此孤独又如此自由。通过逃离，和身后将吞噬一切的惊涛骇浪拉开片刻的距离也并非永远不可能，让你有时间友好地挥手告别，跟你爱的人，跟你爱过的人，跟世界本身，谁知道呢？或许是跟美告别。

见证者

Témoin

有时我还见过人们以为看见了的东西！

　　我曾经读到说，带着些许高高在上的姿态去看待兰波的早期诗歌，并将它们视为一位才华横溢、天赋异禀的年轻人的习作或是为震惊诗坛而构思的篇章，这似乎已经成了一种风气。这些作品为他赢得了赫赫有名的资深文人的赞美与支持，这位诗坛新星也同样需要这帮人，以便向他们证明他也写得一手好诗，甚至比他们更胜一筹。总之，他可以在他们的地盘，用他们的武器去打败他们。

　　因为他是最璀璨夺目的诗人之一，也因为他是最受人仰慕的天才之一，而在那些早期诗篇中，《醉舟》常常受到"修正主义"批评的诟病。

　　我不是说这首诗缺乏策略上的意图。此外，这一点借用文学社会学可以讲得通，就算看上去再自发、再直抒胸臆的作品，我也没见过哪部作品在写作之前是没有经过计算和考量的：小说、诗歌、随笔的创作，不管是用哪种方式，在某些方面都既要服从某些规则，同时又要不落窠臼，作者会预设作品之后的接受情况，并对此有所期待。

不受情感左右很难，因为回想起曾经有过的幻想显然会让人感慨万千。年少的兰波通过《醉舟》已经说出了一切，尽管他的文学之旅才刚刚开始，他已经预言了自己的命运，而他此后的人生也将验证他的诗句所言非虚。

"我见过，"兰波宣称，"有时我还见过人们以为看见了的东西！"显然，从理论层面上看，这位年轻诗人所说的话极具浪漫色彩，后来他自己也把这一套抛开了，"我说诗人应该是通灵的，让自己成为通灵者"。这一主张却超出了他自己所谈论的内容。它表明了一个非常简单的看法：只有基于作家"所见"的文学才有价值，作家收集"所见"，表现它们，他的话语是有根有据的，是可信的。

诗人，小说家——说他是小说家是因为他是十足的诗人且不仅限于此——是一个见证者。或者说一个殉道者，如果人们还记得这个词的词源的话。但也并不完全一样。因为酷刑之下见证者会幸存下来带回证词，而殉道者却断送了性命。我先是在阅读普里莫·莱维[1]的作品时明白了这一点：他解释说只有那些被他称作"遇难者"的人才有权去讲述他们所遭遇的灭顶之灾，但他们却没办法再发声，只能由那些"幸存者"去代言。后来读克尔恺郭尔的时候，我更好地理解了这一点：对所有那些没有付出生命代价却自诩以真之名言说的人，他拒绝给予他们"真实的真正目击者"的头衔，当然，他也没有为自己冠以这一头衔，他清醒地意识到应当与真实保持距离，而不是像其他人一样去一味强求。

那些有权说的人已经开不了口，可以开口说的人却没有说的权利。这就是见证既不可或缺又不可为的原因。从那时起，所有的文学都应该接受、承认自己有罪——我相信这也正是巴塔耶给这个著名观点赋予的意义，对于这个理论，人们总是误解，总把它归入旧时浪漫化的撒旦主义。每个人都既是"遇难者"，又是"幸存者"：在这样一种亲身经历中，自我的一部分已经消亡，而自我的另一部分，见证了它，将这种只适合保持沉默的经

1　普里莫·莱维（Primo Levi, 1919—1987），犹太裔意大利化学家、小说家、被誉为意大利国宝级作家，也是二十世纪最引人注目的公共喉舌。莱维是纳粹大屠杀的幸存者，曾被捕并被关押在奥斯维辛集中营 11 个月，受尽折磨，直到苏联红军在 1945 年解放了集中营，他才重获自由。他在 1948 年出版的处女作《这是不是个人》（*Se questo è un uomo*）中记录了他在集中营的生活。

历转化成词语、句子、小说、诗歌。

作家背叛了这种沉默。这意味着他只能通过背弃沉默去表现它。我说我在读莱维、巴塔耶和克尔恺郭尔的作品时已经全然明白这个道理。不过，这些作家中还有其他说过类似的话的人，我之所以理解他们，仅仅是因为生活已经让我为此做好了准备，不管我愿不愿意。我女儿的夭折，以一种微不足道、不值一提的方式，也成了我自己的死亡，或者说，至少是我的一部分死了。我感觉自己必须说出来，但同时，又感到没有说这些的权利。确切地说，是因为她死了，而我活了下来。这迫使我同时又禁止我讲述真实的故事，让我置身于这样一种处境：将一种无法用任何言语形容、用什么语言去形容都不合适的经历，转化为一种必然似是而非、不合时宜的文学。

在得罪那些诗人之后，我不会再对那些小说家们生气。我需要讲究方式方法。出于谨慎或出于怯懦。或者说，因为一种类似我上文提到的考量。但是如果要我把心里话说出来，在我看来，一本书只有在它以其作者的个人经历做担保时才真正有价值。纯粹的虚构——就像所有自诩"纯粹"的事物一样："纯粹的诗歌""纯粹的小说"——都被我随手舍弃了。它们不痛不痒，人畜无害，微不足道，都让我无动于衷，甚至让我感到震惊，因为在这样繁荣并迅猛发展的文学中，我看到的是对唯一有价值的真正的文学的仿造，自以为假作真时真亦假。我不欣赏写虚构作品的人——但有时也有例外，比如福克纳——除非我把他们的小说当作自传的一种间接形式来读。然而，我钦佩那些开始和桑德拉尔[1]所谓的"小说－小说"唱反调的作家们。这不仅仅是我对形式上的实验相对痴迷，它解释了我一直以来对于所谓前卫作家的兴趣——尤其是超现实主义者和他们的追随者——他们致力于推翻虚假的、矫揉造作的文学，即便这种文学已经让他们身边的所有人，除了他们，感到满意。

我时常嘲弄那些用自命不凡的眼光看待自传文学的小说家们。他们假装把他们的艺术提高到非个人的普世高度，然而，这些描写小人物和小故事的小说，让我联想到那些一直停留在乐高、玩具汽车或芭比娃娃阶段，智力迟钝的孩童玩的游戏：对于女孩是玩具娃娃，对于男孩是玩具锡兵，有时恰好相反。

但我尤其反感的是那些在书中大谈一段亲身经历的作家，他们自己安然无恙，一无所知，却因此成了所谓

---

1 布莱兹·桑德拉尔（Blaise Cendrars，1887—1961），瑞士法语诗人、随笔作家。诗集《纽约的复活节》（1912）和《西伯利亚大铁路和法国小让娜的散文》（1913）都是游记和挽歌的结合物，有浓重的自传色彩。

的权威。在我看来，这些人都不是真正的见证人：他们可能说了实话，但是他们口中的实话没有任何依据，因此毫无价值。他们言之凿凿的笃定和狂妄让我惊诧不已，他们利用读者的多愁善感，高高在上或袖手旁观地写一些他们没有经历过、只在书中或电视上看过的悲剧。任何灾难在他们眼里都没什么大不了的。任何痛苦都算不了什么。我很想问问这些人："你们对你们书中所写真的了解吗？"

答案不言而喻，我这里针对的不是那些写子女很多的父母题材的作家，自从这种模式成了风气，为了赚取读者更多的同情，总喜欢把失去子女的父母作为他们故事的叙述者。而是针对一个和我同龄的作家，明明在和平世界安稳长大，却用第一人称单数讲述战争以及战争中大量的杀戮，又或者另一个可能明明住在舒适的居所、定期领取国家图书中心（CNL）资助的作家，却将自己写得就像是个非法移民，还有那些明明从未经历过苦难、贫穷和羞辱，却在书中"饱受人间疾苦"的作家，他们每一个人都摆出一副自命不凡的姿态，自吹自擂，心安理得地被读者当成英雄，而实际上他们只是在纸上谈兵，这些人在我看来才是无耻可笑之极。

以上种种就是孩子口中的"骗人"。我坚信，这类书籍若获得成功，博得一致好评，那是因为读者在书中寻找一种有惊无险的假象，真实还原那样的经历是他们所不能承受的。在写一本小说时，作者们当然可以畅所欲言，但只有从自身所处的实际情况出发并且在对事物所知的范围内畅谈，才不会有失偏颇。一个作家，无论他／她的经历多么贫乏，也一定拥有对作家写作而言必不可少的灵感来源——苦难与欢乐。普鲁斯特没有经历过太多的苦难，但他牢牢把握住自己经历的那部分，无比真实与谨慎地写作，并通过这些经历理解和表现他所未曾经历的。在《重现的时光》一书中提及第一次世界大战时，他以自己真实的远观者的视角进行了叙述。

我并没有忘记我在前文中所说的。文学不是声称"我见过"，也不是源于自诩为个中权威的经历。文学的本质就在于它必然要将孕育了它以及被它见证的遭遇转化为虚构的故事。现实这头公牛，作家只能攥住它双角的影子而已。莱里斯[1]说得对，作家们抓住的只是"影子"而非"牛角"。这意味着：现实的"牛角"将自己的"影子"投射在作家笔下的一页页纸上。巴塔耶曾说过，

1　米歇尔·莱里斯（Michel Leiris，1901—1990），法国人类学家、艺术批评家和作家。

艺术作品只是将死亡的情景搬上舞台。真正的悲剧总是在别处上演，而描写它的小说、诗歌只能窘迫地用苍白无力的词语再现它的表象。

普遍

Universel

> 诗人在其所处的时代觉醒，为普遍
> 的灵魂中大量未知事物下定义……

　　一部基于作者个人经历的小说，丝毫不会因此而丧失普遍性，甚至恰恰相反。不过这个观点已经被普遍接受，如果再去深入阐述，在我看来无异于白费口舌、多此一举。我性子急又大而化之，就不让读者再受叨扰了。所有人都认同，作家专注于自身最为独特之处时，也同时触及了关乎所有人的命题。每个人身上最为特别的地方也恰恰最具普遍性。

　　我不会去冒昧评价兰波在 1871 年 5 月 15 日写给保罗·德梅尼[1]的那封著名的信。对这位年轻诗人青睐有加的评注家们认为，这封信是一连串狂热且十分晦涩的胡言乱语：用路易·阿拉贡在《蛇鲨之猎》（*The Hunting of*

1　保罗·德梅尼（Paul Demeny，1844—1918），法国诗人，兰波和雨果的朋友。

the Snark)[1] 的序言中所造的新词来说，便是"狂言晦语"（fumieux）。这些评注家很想发现作者身上的才华——他确实才华横溢。但是说到思想的严密性和独创性，他们对他就不大信得过——那也的确是作者所缺乏的。

但是这封信中倒有许多内容我想加以引述，在我看来，鉴于诗人才华之高和其才华展现的形式，这些内容都该在本书中占有一席之地。

比如说，兰波在谈及女性的时候，预言其将打破"无尽的束缚"，并承认届时女性也将成为诗人。顺便提一句：对于女性本身是否真的向往这种提升，我并不十分确定。更为可悲的是，想到当今人们所谓的"女性状况"越来越受到的威胁，已经到了何种田地，经历了怎样的倒退，我担心人们并没有多少理由对此保持乐观态度。"难道女性的精神世界与我们不一样？"兰波问道，"她将发现奇异的、深奥的、再生的、美妙的事物；我们将接受它们，理解它们。"

尽管对于一些读者来说，这封信有点自命不凡的意味，但我还是很喜欢，我爱写信的作者也爱信的内容：

1　英国作家刘易斯·卡罗尔（Lewis Carroll）1876年出版的诗集。路易·阿拉贡是这本诗集法文版的译者。

兰波，一名为进步与理性辩护的唯物主义者，对人们责怪他的玄奥的唬人把戏一直避而远之，甚至反对此后某些对那首著名的十四行诗的解读："弱者开始思考字母表中的第一个字母，他们很快就陷入癫狂！"如果我把自己在这本书里做的字母游戏当真的话，我就该以为这句话是在笑话我了。

最晦涩的段落中，有一段是关于"通用的语言"的，诗人宣告了通用语的到来，如果我没理解错的话，这种通用的语言将废除世界上现行的方言的多样性："这种语言将来自灵魂并为了灵魂，概括了一切，芳香、声音和色彩，是思想与思想的碰撞并激发出思想。"过去，在高中依然有教关于波德莱尔和兰波的课时，随便哪个高中毕业生都可以轻轻松松地解释这个句子，引用《应和》（Correspondances）、《元音》（Voyelles）和象征主义通感那一套耳熟能详的理论。但直到兰波把诗人描述为"在其所处的时代觉醒，为普遍的灵魂中大量未知事物下定义"的人之后，这段话才到了最晦涩之处。但我想，如果细心将这句话展开来理解，这句话还是说得通的。

有一种"普遍的灵魂"，是所有人共有的。但每个时代（"他所处的时代"）唤醒的是诗人要下定义的普遍的灵魂当中某种可量化却又未知的东西（"大量的未知"）。

如果我以自己的方式把这个句子转换一下，我认为应该由诗歌去表达，每次都用不同的方式（"要求诗人创新"）去表达同样的"大量未知"，它们是一致的、恒久的，在"普遍的灵魂"的最深处沉睡着。对于所有人来说，现实都包含着未知，而人们无力使其变为已知。身处的地点和时代给了大家什么信仰，大家就根据什么信仰去百般命名和定义未知，而诗人要在未知之上再次建立起普遍的概念。我也不确定自己对兰波作品的解读是否准确，是否忠实地阐释了兰波的话语。其实这种解读更符合我自己对事物所持有的观念——比如在谈到日本和日本文学时，我的这种观念显得尤为突出。要知道，无论身处哪一种文明，所有人在面对相似的、用同一种方式定义他们状况的困境时，他们都是一样的人。

在兰波写给德梅尼的这封信里，我最喜欢的片段还是前面几行话。兰波在谈起诗人时写道："他肩负着全人类，甚至所有动物的使命；他应当让人能够感受、触摸并听见他的创造。如果他从地狱里带来的是有形的，他就赋予它形状；如果它是不定形的，他就赋予它不确定的形状。"

我在"他肩负着全人类，甚至所有动物的使命"这句话下划了线。

它使我想起了一句奇特的题词，是塞利纳[1]在其小说《别有奇景》（*Féerie pour une autre fois*）的开头写下的："献给动物、病人和囚徒们。"的确，我找不到什么理由，让诗人和小说家在谈论"普遍的灵魂"时，不把动物包括在内——这里的包括也有理解的意思。不仅包括了动物，还有文学通常不会涉及的其他事物，直到囊括整个宇宙。

作家应肩负起这一切。这就是他的工作，他的道义：它让作家对所有人和事都负起责任来，将一切都托付给了他。为了让作家向所有生灵和包容了芸芸众生的世界说出的那番充满同情和悲悯的高论在世间被聆听到，即便没有一个人去聆听它，去领会它。

1　路易-费迪南·塞利纳（Louis-Ferdinand Celine，1894—1961），法国小说家，代表作有《茫茫黑夜漫游》《死缓》。

眩晕

Vertige

> 这首先是一种研习。我写出寂静、暗夜，我记下不可言说。我定睛看着令人眩晕的一切。

在一些语言里，在兰波笔下也一样，字母 U 和 V 几乎没有区别。这也解释了在《元音》这首诗中诗人把绿色（verte）给了字母"U，圆圈，碧海清波神妙的颤动"。

宇宙令人眩晕。这种眩晕来自生活。它是真实的别名。我想说的是：真实本身令人眩晕。这是我的信条的关键。或者说：是我信奉的第一条教义。因为这本书马上就要结束了——我一不留神，这本书呈现出一种有点可悲的以前作家写的我以为的样子——或许现在到了不拐弯抹角、直截了当去说出它是什么的时候了。

这就是我刚刚所做的，不用清楚地去解释就可以把我前面提到的几个词——"宇宙""生命""真""真实""眩晕"——联系起来，如果不说是因为它们有相似的发音，就是暗示它们的意义都是平等的，可以互换，每个词的意思都可以指代其他词语，成为同义词，互为注释，但如果我们用哲学家们通常思维的法则去判断，这几乎是站不住脚的。有些单词使用同样的字母，它们组合的音节数量也差不多，发音听上去也近似，但这并不会让任何一个头脑清醒的正常人以为这些词拥有某个共同的意义。

只有诗人才会认为这是理所当然的。一旦头韵或谐音要求和前面的单词产生呼应的时候，假装足够信赖语言就会认为每个词语在一个句子中都有自己的位置，哪怕在其中加了某些古怪、反常的东西。一个单词用在一个句子里，没有其他任何理由可以说明它的存在，除了它和其他词语是押韵的，哪怕是散文体的句子。这个韵自有它的理由：它通过听起来很和谐的一些词语把它们各自所指称的东西联系起来。让写这个句子、读这个句子的人感觉到语言找到了一种美好的和谐统一，回想起童年，那时候词语和事物是联系在一起的，让无穷无尽的谈话变得可能且自然，他们在世界这本浩瀚的识字读本中给每个词语指出它们正确的位置。

近音词就相当于近义词。或者说几乎等同于：相似的词会聚在一起；因为总聚在一起，于是就到了可以互相替代的地步。有一种逻辑把它们维系在一起，有时甚至会超越词语的发音或意义。它把最奇特的词组合在一起，仿佛它指出的是一个显而易见的事实，但之前把它们拉到一起的理由却完全没有显露出来。"不会出错，词语从不说谎。"保尔·艾吕雅这样写道。既然地球都可以蓝得像个橙子，那么字母U也完全有理由可以是绿色的，就像碧海泛的清波，浪打来，浪打去，波浪的声音仿佛也印在了词语里，可以听得见它的起伏和宇宙神圣的呼吸相应和。

"我掌握这套体系。"兰波宣称。

我认定我所说的体系就是他的体系，可以让他随心所欲地看到"一座清真寺在工厂的位置上，一支天使组成的击鼓队，一辆辆飞驰在天路上的敞篷四轮马车，一间湖底的客厅"。通过词语的运用改变了世界的景观。但并不因此放弃对真实的表达。因为我所说的"体系"不仅意味着规则，同样也意味着例外。既要懂得把握，也要懂得放手：让词语根据字母形成的长链自由组合，逻辑来自于组成句子的词汇链，乃至一种真实的意象从它们的组合中显现，表达了让词语鲜活的思想。

我不想再多说。

宇宙停止的地方就是眩晕开始的地方。在虚空边缘，是所有生命和它所能从中看到的唯一有价值的真实的意象。

关于眩晕，克尔恺郭尔说它之于灵魂就像绝望之于精神："焦虑是自由的眩晕。"所有的参照物都消隐了，世界摇摇欲坠。应该一头扎进在眼前洞开的虚空。如果你以为可以赋予虚空意义，认为可以把道德和教给我们我们是谁、如何成为我们自己的那一套价值体系联系起来的话，那么等待我们的是另一个更深、更似是而非的深渊，会让我们再次感受到眩晕。

这就是真相。

以这种形式呈现。

除了这种形式别无其他。

我坚信克尔恺郭尔所说的经验和兰波在《灵光集》的一首诗中提到的"随时到来，无往不至"的经验是同一种属性："你的手指在鼓上一击，所有乐音飞扬，开始新的和声。"

有时候，这种经验，和诗歌给我们的感受相去不远。

阿拉贡说："我对我所阅读的作品唯一的要求就是带给我眩晕：感谢让我迷失自我的诗篇，只要一个句子，一个让人晕头转向的句子，一个把你带走的故事。没有任何规则可以主宰这种迷醉，为了这种眩晕的感觉，我愿意付出世上所有的黄金。"

当然，情爱的体验也一样。

就像《在金合欢树旁》，书名借用了兰波的诗，在我的小说《新爱》（*Le Nouvel amour*）的开篇，我引用了阿拉贡的另外几句诗："什么都不再重要，除了眩晕。"

还有："生而为人，就是可以无限地坠落。"

瀑布
Wasserfall

> 我嘲笑金色瀑布，它散乱的头发穿过冷杉
> 树林：在银色的树梢，我认出了那位女神。

　　"真实"（Vérité）和"眩晕"（Vertige），如果我们愿意，两个单词的首字母形成了一个双重的 V（W）。

　　法语单词以 w 开头的并不太多。大多数以 w 开头的词都是外来词。

　　马上浮现在我的脑海中的单词是"Whisky"（威士忌）——盖尔语中是 *uisge beatha*，即 *water of life*，就是"生命之水"的意思。有一些感情因素，让我回想起自己在苏格兰度过的两年时光。在干草市场（Grassmarket）的酒吧里，就在我当时住的公寓楼下面，公寓在皇家英里大道坡顶的城堡边上——那是在爱丁堡，我爱上了威士忌。就像那里的人说的 *A wee dram*[1]。在我，就是格兰

1　一小杯威士忌。

杰威士忌（Glenmorangie）。我很奇怪地意识到，我从没写过这个时期的生活。我在英国度过的那些年我谈到的也不是太多。

这个话题可以下次再谈。

我的体质不会让我喝醉。这样有好处也有坏处。喝酒看上去不会让我的官能受到影响。所以我可以喝很多。当我意识到我消费的酒长期以来已经超出了合理的范围，一夕之间，我就戒掉了威士忌。我想说的是：我戒掉了每晚喝半瓶威士忌的习惯。这一点也不难。我也没什么好骄傲的：我只是简单地认为上瘾——是一种病——并不符合我的本性。后来我又常常喝酒，因为我喜欢威士忌带来的那种微醺的感觉，让你有一点飘飘然，跟喝葡萄酒，尤其是红葡萄酒不一样，后者喝多了会让你感觉肚子胀胀的，身子沉甸甸的。但我从那以后还是认为不要让手边有随时能够得着的酒瓶是一种谨慎的做法。

有人告诉我现在日本有一个威士忌牌子就叫兰波。苦艾酒更多是属于作家的传奇、老诗人的"绿仙女"，他说他把生命献给了苦艾酒："苦艾酒学院万岁，尽管服务生不情不愿！由鼠尾草酿造的苦艾酒带来的醉意，是最精美、最让人心旌荡漾的衣裳！"他的一些传记作家并不排除兰波曾一度北上去到苏格兰的可能性，英国是他心向往之的所在地之一。但，除非是我弄错，"威士忌"一词从未出现在诗人的笔下。但这个词没有出现在兰波的作品中并不能证明他没去过苏格兰。相反，和某些评注家猜测的相反，"瀑布"（wasserfall）一词出现在《灵光集》中并不能证明兰波去过德国，他在《黎明》（Aube）一诗中提到的瀑布就一定在德国，因为他用德语来给它命名。

"我拥抱夏日的黎明。"兰波写道。这首诗是他最著名也是表面上看最不晦涩的诗之一，从某种意义上看描述了一个梦境。不管怎样，我们可以这样去解读。天亮了，大自然有了动静，活跃起来，在瀑布旁边，茂密的冷杉林里，女神出现在刚刚醒来的诗人面前，他满世界追寻她，终于和她遇见，拥着她裹满层层轻纱的"巨大身躯"。"黎明和孩子一起跌倒在树下。"兰波这样写道。结尾，他又加了一句："醒来已是正午。"诗人的跌倒——这个词很合适——很突然。有人说它有一种象征意义。我很愿意相信，但尽管别人给出了种种解释，我还是不知道到底是哪种象征意义。"拥有真实的是灵魂还是身体"？而寓意也可以从反面去理解：诗人扑了个空，怀中拥抱的永远只是世界的假象。跌倒让两个情人失之交臂，醒来让之前的故事都像春梦一场。

这丝毫不减这页诗篇的美妙，它所展现的这一幕的精彩：兰波嘲笑穿过冷杉林飞泻而下的金色瀑布，银色的树梢不知道是积雪——在夏天几乎不可能，还是石头溅起的飞沫映在绿色松针上的反光——这似乎更可信。当然，还有这道风景中出现的森林女神的曼妙身影。

在日语中，"瀑布"叫 *taki*。在那里，瀑布是 *kami*（神）居住的圣地，是比宗教和类似的信仰更古老的神灵。兰波提到的瀑布让我联想到三岛[1]在《丰饶之海》一书中描述的瀑布，那是他最后一部作品，在他切腹自尽前刚刚完成。某种日本人所谓的"私小说"——"'我'的小说"。至少符合我对这个定义给出的不那么严谨的界定。因为三岛在书中并不是要讲述他的生活——尽管说到底作家讲述的永远都是他自己的生活——而是一个完全虚构的人物，通过这个人物，他讲述了日本整个二十世纪的历史。

在弥留之际，清显把他刚做的梦告诉了本多，并跟他相约来世——当他像佛教中灵魂转世那样回到人间的时候——在瀑布下再见。本多在慢慢变老中等待故人的回归，他以为从腹侧呈三角形排列的三颗黑痣中认出了

1　指的是日本作家三岛由纪夫。

朋友的几次转世：一个恐怖分子、一个公主、一个浪子。但之前说好的瀑布下重逢的一刻却从未到来。在小说结尾，年迈的本多去拜访当年清显曾经爱过的聪子，后者早已皈依佛门做了尼姑。她在终老的空寂花园接待了本多，告诉他自己并不认识他所说的清显，她已经把他彻底忘了，或许他根本就从未存在过——跟这个世界一样，不过是电光火石的梦幻泡影，黎明时分真相就会显现。

很可能三岛读过艾略特，但我怀疑他所说的花园——属于日本传统所特有的——就是美国诗人在《圣灰星期三》（*Ash Wednesday*）中歌唱的那个基督教色彩浓郁的"所有爱结束的花园"：

> 唯一的玫瑰
>
> 现在就是花园
>
> 那里所有的爱终结
>
> 未餍足之爱的
>
> 最终折磨
>
> 餍足之爱的
>
> 更大折磨
>
> 没有尽头的
>
> 无尽之旅的尽头

三岛传奇恐怖的切腹自杀让他毁誉参半，至于我，尽管和他相隔很远，对他的作品却非常佩服：《假面自白》《金阁寺》《太阳与铁》，尤其是《丰饶之海》。用一生去等待一个亡故者的归来，甘愿相信那个疯狂的说法，以为可以借所爱之人的形貌找回他，但同时又并非不知道自己编织的传奇不过是黎明激起的幻梦一场，悟到一切皆空的大智慧后就会烟消云散，我觉得这就是这部小说的寓意。

瀑布还是花园？

应该相信瀑布是存在的，我们将在那里团聚，因此会有一个地方，哪怕是虚幻的，活人也会朝它走去，在时空中小说辟出一条让人神魂颠倒的小路，布满陷阱，曲折艰险。就算我们很清楚远处水光潋滟，它许诺我们的救赎从来都只是一个幻影。当我们以为到达了，泉水就消失不见了，只剩下空寂干涸的花园，布满苍苔的棋盘，白色和黑色的石头，在花园中央，寂寥的花园兀自在虚无中沉醉。

XXX.

XXX.

> 哦，满面灰烬，鬓丝的肩章，水晶的手
> 臂！那门大炮，我应该穿过树木和清风
> 的混战，倒在它的身上！

我做了一点手脚。

我没有太多选择。

否则——或许严谨一些的话，我的识字读本在字母X的地方应该空着。

我感觉以这个字母做首字母的法语单词比前一个字母更少见。

当热衷于创作高难度诗歌的马拉美写下了有时也被称作"yx十四行诗"的十四行诗时，诗人定义它为"自身的寓言诗"，人们也常用第一句诗去命名："她那纯净的指甲高高地献上它们的缟玛瑙。"因为在法语中缺一个yx结尾的词，为了押韵，他造了"ptyx"（咳）这个词。

这里说到的是著名的"被毁的会发声的无用小

玩意"，用这个未必存在的容器，大师出发去舀冥河（Styx）之水中的琼浆。

换言之：一个不存在的、用来指称失踪的诗人用来装虚无蕴藏的乌有之物的缺少的物件。更矛盾的是那把著名的没有刀柄也缺少刀刃的刀！从某种意义上说：一个自我否定的词，只有在消解了内涵之后才可以指称、才存在的词，只表达了意义纯粹的缺失，它意味着它所指出的在所有其他词语中那个空缺的位置。

在数学中人们叫它：未知数、变量或不定项。

阴性形式。

好像为了表示它属于什么性别。

我再次引用兰波的那句诗，在诗中，他把诗人当作"在其所处的时代觉醒，为普遍的灵魂中大量未知事物下定义"的人。

就好像他需要一个缺少的元素才能让他的体系运作。诗歌恰恰肩负着这个使命，把词汇中围绕象征"未知"的所有词语都汇总起来，这些词语指向自身的缺席，在真之眩晕到来前挖出这个空虚，通过它语言才得以和某种"不可能"交流，而那正是人类普遍的状况之所依。

这说得通。

或许。

《灵光集》中有一首诗的题目是三个 X，后面还有一个点。在手稿上，在一页纸的下方，那页纸还有另外两首不相干的诗：《古代艺术》（Antique）和《美的存在》（Being Beauteous）[1]。

事实上，很可能这三个 X 是打在纸上的三个叉，为了表示后面的诗歌跟前面的没有关系。

因此，"XXX."或许不是一个题目而只是表示一种空格。

除了把这首诗抄下来，我也没什么更好的事可做了：

"哦，满面灰烬，鬃丝的肩章，水晶的手臂！那门大炮，我应该穿过树木和清风的混战，倒在它的身上！"

因为在我看来，没有人知道它到底意味着什么。

1　中文也译作《美人舞》或《轻歌曼舞》。

眼睛
Yeux

> ——哦，奥米茄，她眼中紫色的光芒！

显而易见，就像人们说的，以至于很少有人发觉。但如果我们仔细推敲，发现兰波的这首著名的十四行诗还是缺了一个元音。除非这首诗的最后一个词，用了大写，在 *in extremis*（最后一刻）给了它应有的位置："——哦，奥米茄，她眼中紫色的光芒！"

这首诗和其他诗一样，也引发了各种有的没的注释：有些人希望那是一位女神的"眼睛"，诗人最终置身在她的目光下，她为他揭示了一切现实最后的意义；也有些人选择了一种没那么神秘却更风流的解读，说年轻的兰波吟咏的更像是一位他心爱的女子，心上人眼中那抹紫色的光芒迷住了他。

哪一种假设都不排除另一种假设的可能性。

一个女人在性高潮的时候两眼放光常常被认为是上帝存在最不容置疑的证明之一。甚至一些无神论者也有这种感觉，就像我前面说过，我自己也是其中的一员，仍应该相信什么东西，不至于对一切感到绝望。

对一个男人来说，女人的性高潮就像一个奇迹。他没有什么好自我炫耀的。因为他不再是这一奇迹的原因，就像摩西站在岩石上，手里握着杖，祈求耶和华，难以置信地看到红海的海水在他眼前分开，辟出通往应许之地的道路，而他并没有走入那片应许之地。尽管很常见，男人自以为很熟悉，不管怎么看，女人的性高潮对一个男人而言还是像一个奇迹，总有某种不确定、难以解释的东西，因为这个原因，她引起的惊讶之中有一种微微的错愕。

从不知道性高潮会不会到来，从哪儿来，往哪儿去，有什么用，意味着什么。

就这一奇迹本身而言：如果想表现得玩世不恭，说得不好听，就是一种有点夸张的性玩偶（*sex toy*），不易操作，效果各异，激发女性手淫的欲望；说得好听，就是被爱的女子和她自身之间的理想化了的媒介（*intercesseur*）——她的身体？她的灵魂？——或是她自身和某种她也不知道的却优雅地降临到她身上的东西之间的媒介。巴塔耶说狂喜——又一次他是对的——比起接受的欢愉更像是一种给予的欢愉。当性欲之门打开，整个肉体都在它周围怒放，它在久久地、有规律地舒张抽动，直到宇宙在那一刻找到恰好的尺寸。

在情爱中——紧紧相拥，但不仅仅只有身体的缠绕——对过眼神似乎就能发现自己爱的人是谁，自己是谁。

自己爱的人是谁？

去找奥坦丝！

自己是谁？

波德莱尔谈到绿眼睛的男人时——为了让这个带着马上要结束的识字读本特征的文本同样也是某种诗人的自画像："那些人热爱大海，浩瀚和躁动的碧海，热爱无形而多变的水，他们自身不在的地方，他们不认识的女人，仿佛异教香炉里氤氲的不祥之花，扰人意志的香气，还有象征他们疯狂的内心狂野和淫逸的小兽。"

就像我们说的 Y: i grec（希腊语中的 i），古老的字母表中的 upsilon（阿普西龙），数学中表示 X 之后的空间的两个轴中的第二个轴，同样也是方程中的另一个未知项。性恰恰就是一个有两个未知数的方程。生物学家想必也是因为这个才选择了这两个字母去命名不同的染色体：xx、xy，来表示两种形式的未知的叠加。

兰波看得很准：Y 并不比 X 更有特色。它是半透明的，在黑色瞳孔的边缘，映射出所有光谱透过虹膜呈现的反光。

现在很适合引用叶芝的诗，我想。此时不引，更待何时？我们总有一种感觉，他全部的人生都在一个真正诗人的作品里，总能在他的诗句中读到自己的感悟。

就像我在兰波的诗中读到了自己，同样我也可以在叶芝的诗中读到自己。

那将是另一本书。

也将是同一本书。

我熟知《在莎莉花园深处》[1]（Down by the Salley Gardens）和《白鸟》（The White Birds）这两首诗：

> I am haunted by numberless islands, and many a
>   Danaan shore,
> Where Time would surely forget us, and Sorrow
>   come near us no more

> 无数岛屿和丹南湖滨萦绕在我心头，
> 在那里岁月定会忘了我们，悲哀不再靠近我们

---

1 《在莎莉花园深处》（Down by the Salley Gardens），叶芝早年的诗作，最初被译为《柳园里》，也译作《我的爱曾在这里》。

无数岛屿，叶芝说，在那里岁月定会忘了我们，悲哀不再靠近我们。

当然还有《被偷走的孩子》(The Stolen Child)：

For he comes, the human child,

To the waters and the wild,

With a faery, hand in hand,

From a world more full of weeping than he can

　understand.

因为他来了，人间的孩子，

与一个精灵，手拉着手，

走向荒野和河流，

这个世界哭声太多，他不懂。

诗人所说的孩子来自一个哭声太多，多到他无法理解的世界。

最终，"He bids his beloved be at peace"（"他要爱人安宁"）。

当群马从黑暗和夜里飞奔而来，马鬃飞扬，令人不安的、重重的马蹄声回荡，它们在黑暗中扬起阴森的鬃毛，露出一切的虚幻本原，给那位深爱的女子，半闭着眼睛，心贴着他的心跳动，头发垂在他的胸脯，叶芝写道，一定要希望她找到即将来临的安宁。

我还有什么可画蛇添足的呢？

桑给巴尔
Zanzibar

> 我出发去桑给巴尔，在那里，
> 据说，大有可为。

　　兰波永远都不会去桑给巴尔。整整七年，他梦想去那里，希望离开亚丁（Aden）和哈勒尔（Harar）去到这个在他看来更利于实现他的计划的地方。这个想法可能是从儒勒·凡尔纳那里来的，他把小说《气球上的五星期》中主人公们完成的空中旅行的序幕就放在这个印度洋群岛上。西方的探险家们把这个国家描绘成一片橘树和柠檬树花开的乐土。但在兰波生活的那个年代，神话多多少少已经支离破碎了。怀揣发财梦去那里冒险的欧洲人多半都败兴疲惫而返，再也没有人对这个遭到蹂躏、不卫生的地区抱有太多幻想。

　　我们知道兰波在人生最后遭遇的悲惨经历。膝盖剧痛让他不得不回到法国，希望能够得到医治。马赛的医生给他做了截肢手术。他回到了家人身边。但疾病没有放过它，继续恶化。尽管残疾，他重回非洲的愿望并没有冷却。在马赛，他希望再度出发，但旅行终止了。他妹妹陪伴着他，目睹了他临终的一幕。"我就要去地下，"兰波对伊莎贝尔说，"而你，你将走在阳光下。"昔日的"盗火者"，异教的使徒，蔑视基督教的狂人，如果相信诗人弥留之际唯一见证人的描述，兰波做了忏悔，领了临终圣事，重新皈依了儿时的信仰。这个故事广为人知，充满虔诚和感人的意味。不管人们对此事作何解释，人之将死，道出的从来都不是人生的真谛。

兰波三十七岁去世。在给他做截肢手术前，他的膝盖就已经肿得像南瓜一样了。疼痛已经遍及全身，让他双臂麻痹，头痛欲裂。当时医生马上就看出他患的是癌症。症状是那么明显，今天也很容易做出确诊。兰波死于惊人的骨肉瘤恶化：是骨癌的一种。尽管科技有了很大的进步，虽然不能治愈骨癌，但幸好已经可以让病情得到缓解，我还是知道当年兰波承受了怎样的痛苦，因为我女儿当时也是死于同样的病症。

一些所谓的学者认为带走兰波的疾病和他写的诗歌之间有一种联系。我甚至都不愿意去读那样的文字，因为我猜到他们会用怎样无耻、愚蠢的方式去论证，用病人去解释他所患的疾病从而建立一种因果关系，旨在去证实癌症的根源出在患者的精神上，从而得出结论，若非内心隐隐想得病否则病情就不会恶化，若非接受——或者说得更离谱，渴望得病——就不会因此而丢了性命。我说过也写过很多次我对这种可笑、可耻的迷信的看法。自然，毫无用处。这种说法虽然没有任何科学依据，却深入人心，轻而易举就认为那就是命中注定，当被指出谬误时，摆出一副不屑一顾的样子。

当他的身体躺在临终的床上忍受着病痛的折磨时，兰波的脑子里在想什么？当然，没有人知道。我宁可相信他还在梦想着出发，或许他在心里反复念叨着桑给巴尔这个发音带着神秘色彩的地名。词源上的意思是"黑人之地"：一片广袤的黑暗大陆，但那里植被茂盛，浸泡在温暖的海水之中，没有四季，没有气候变化，在那里，一切或许有可能，最后一次，从头再来。临终时，每个人都会去想象等待他的虚无，很难不给自己设想一个天堂的模样——哪怕它是虚妄的。

看到自己、感觉自己正在死去会让人不得不接受一种磨炼，提前为自己哀悼，放弃自己的生命、皮囊，在没有完全失去之前就放弃所爱之人，为了在一切皆空中离开。这一课太难学了，太晚了，我们意识到本应尽早做此准备。

"听天由命。"禅宗这样教导。

这或许是唯一的智慧。

我不认为自己可以做到。

甚至不是真的想这么做。

因为在自己谈论的问题上说什么都可以。

既如此，比方说，我们从来不太清楚自己写的是一本怎样的书。

要等别人去评说!

一本书捍卫自己最好的理由，就是写完它。

最后的几页就像倒计时一样。在最后一页的最后一行，在最后一个词语的最后一个字母后面，句号就像一个小小的零，一切都归于零，化为零。

所有的词语都在该来的时候到来，排列在书等待它们该在的位置上。游戏结束了。孩子把玩具收好。二十六个写着字母的方块放回到它们的盒子里。现在，很奇怪，我仿佛又看到了那个盒子——一个小小的木头箱子，在我看来，里面蕴藏着所有可读的、可看的一切，我无师自通地学会了那些根据字母可能的排列组成词语、句子的规则。就好像，从一开始，一切就蕴含在其中，之后发生的一切都是一种奇妙的宿命：注定是，"一种幸福的宿命"。

"这一切从孩子们的笑声开始，又以他们的笑声结束。"

然而，一切都要重新开始，要学习：通过阅读，通过写作。

每一本新书，读过或写过的，都是一次新的学习，给生命一个新的指南、新的方法。

从"令人飘飘欲仙的拷问架"上起来，饱受酷刑摧残的身体沉醉在"残酷的军乐"之中，一个声音在赞颂善，赞颂美："哦，我的善！哦，我的美！"一切在一个沉醉的清晨的眩晕中盘旋："方法啊！我们向你保证，我们不会忘记，昨天你赞美了我们的每一个年华。我们信奉毒药。我们会日复一日彻底地献出我们的生命。"

带着凯旋的音符宣告自身的胜利，书从虚无中来，又回到虚无中去了。

它除了预示永恒的周而复始之外，别无他意。

和其他所有书一样，说出这本书的寓意是件冒险的事情。

最后一个词从第一个字母开始。

词汇表

识字读本（Abécédaire）、炼金术（Alchimie）、**字母表 (ALPHABET)**、学习（Apprendre）、阿拉贡（Aragon）、巴别塔（Babel）、波德莱尔（Baudelaire）、本杰明·W.（Benjamin W.）、**书橱（BIBLIOTHEQUE）**、博尔赫斯（Borges）、卡罗尔（Carroll）、**好奇心（CURIOSITE）**、达达（Dada）、但丁（Dante）、欲望（Désir）、德斯诺斯（Desnos）、**哀悼（DEUIL）**、字典（Dictionnaire）、伊甸（Eden）、**孩子 (ENFANT)**、流亡（Exil）、做（Faire）、结束（Finir）、福楼拜（Flaubert）、形状（Forme）、**方法（FORMULE）**、浪费（Gâcher）、赢得（Gagner）、**光荣（GLOIRE）**、注释（Glose）、髑髅地（Golgotha）、品味（Goût）、厄运（Guignon）、**H（H）**、习惯（Habitude）、大麻（Haschich）、晦涩难懂（Hermétisme）、同性恋（Homosexualité）、**奥坦丝（HORTENSE）**、雨果（Hugo）、氢（Hydrogène）、

假设（Hypothèse）、这里（Ici）、幻象（Illusion）、**不可能（IMPOSSIBLE）**、内心（Intérieur）、一茶（Issa）、醉意（Ivresse）、日本（Japon）、**我（JE）**、**美臀（KALLIPYGE）**、神（Kami）、克尔恺郭尔（Kierkegaard）、迷宫（Labyrinthe）、**自由（LIBERTE）**、法则（Loi）、**现代（MODERNE）**、道德（Morale）、口号（Mot d'ordre）、**虚无（NEANT）**、尼采（Nietzsche）、虚无主义（Nihilisme）、夜（Nuit）、黑暗（Obscur）、神秘（Occulte）、影子（Ombre）、**神谕（ORACLE）**、老师（Professeur）、诗人（Poète）、**政治（POLITIQUE）**、警察（Policier）、**什么（QUOI）**、真（Réel）、宗教（Religion）、反复（Reprise）、反抗（Révolte）、兰波（Rimbaud）、**小说（ROMAN）**、圣周六（Samedi saint）、致敬（Saluer）、**告别（SALUT）**、拯救（Sauver）、**见证者（TEMOIN）**、唯一（Unique）、宇宙（Univers）、**普遍（UNIVERSEL）**、价值（Valeurs）、真实（Vérité）、诗句（Vers）、绿色（Vert）、**眩晕（VERTIGE）**、空（Vide）、生命（Vie）、幻影（Vision）、**瀑布（WASSERFALL）**、私小说（Watakushi-shôsetsu）、生命之水（Water of life）、星期三（Wednesday）、一点儿（Wee）、威士忌（Whisky）、**XXX.（XXX.）**、耶和华（Yahvé）、叶芝（Yeats）、**眼睛（YEUX）**、**桑给巴尔（ZANZIBAR）**、禅（Zen）、零（Zéro）